블라디보스토크 서커스

Vladivostok Circus

by Elisa Shua Dusapin

Copyright ⓒ Éditions Zoé, 2020

(46 chemin de la Mousse, CH-1225 Chêne-Bourg, Switzerland)

Korean Edition Copyright ⓒ BookRecipe, 2021

This Korean edition published by arrangement with Éditions Zoé
and Agence littéraire Astier-Pécher through Shinwon Agency Co., Seoul

엘리자 수아 뒤사팽 지음

김주경 옮김

블라디보스토크 서커스

북레시피

나의 아버지는 프랑스인이고, 어머니는 한국인이
다. 나는 프랑스 파리와 스위스의 쥐라를 오가며 성장
했다. 내가 한국을 처음 방문한 것은 열세 살 무렵 외
가 식구들을 만나기 위해 여행을 갔을 때다. 이전에 대
한민국이라는 나라 그리고 그 문화와 나의 연결 고리
는 고작해야 엄마와 주고받던 한국어, 전통 명절에 먹
었던 요리가 전부였다. 그러나 그때의 방문 이후로 나
는 끊임없이 한국을 다시 찾았다. 때로는 가족과 함께,
때로는 커플로, 또 때로는 혼자서. 정체성을 찾아 나선
나의 탐구과정은 이전의 두 소설, 『속초에서의 겨울』과
『파친코 구슬』을 쓰도록 이끌었다.

몇 년 전, 아시아를 여러 차례 방문하고 난 이후로 불현듯 어머니의 나라를 더 잘 알고 싶은 묘한 감정이 일었다. 유럽에서 그토록 먼 그곳이 내 모든 공간 지표로부터 분리되어 있다는 느낌이 들었다. 그동안 나는 유럽에서 주로 기차를 타고 이동하였기에 변해가는 풍경을 바라볼 수 있었고, 여행의 순간을 느낄 수 있었으며, 그렇게 해서 여행은 내 육체에 고스란히 새겨졌다. 그러나 한국은 내게 있어서 비행기로만 갈 수 있는 곳이었다. 비행기를 타면 24시간 이내 세상의 또 다른 끝에 가 닿을 수 있었다. 비행기가 더 이상 존재하지 않는다면, 내게 그토록 소중한 이 나라에 다시 갈 수 있을까? 하는 생각이 나를 사로잡았다.

2018년 나는 스위스 쥐라 주의 도시 포렌트루이에서 기차를 타고 육로와 해로를 이용해 부산까지 가보기로 마음먹었다. 그리고 몇 달 후 결국, 시베리아 횡단열차에 몸을 싣고 러시아를 가로질렀다. 처음으로 유라시아 대륙을 건넌 것이다. 출발지에서 1만 킬로미터가 넘는 철도를 따라 블라디보스토크까지 가는 동안 거리가 멀어질수록 사람들의 얼굴 생김새가 나처럼 서구와 동양 사이 유라시아 혼혈인의 모습으로 변해가는 것을 보았다. 블라디보스토크에 사는 주민들은 러시아인, 일본인, 한국인들이었다. 그 도시는 내 마음에 깊이 각인되었다. 블라디보스토크는 출발지인 동시에 도착지이고, 한국에서는 아주 가까운 도시이자 스위스에서는 너무나 먼 도시이며, 유럽과 연결된 유일한 도시이다. 바로 이 혼란스러움에 대한 도취가 『블라디보스토크 서커스』 줄거리를 구상하는 데 큰 영감을 주었다.

이 소설은 또 다른 형태의 도취와 맥락을 같이한다. 현기증을 불러일으키는 이러한 감정은 운 좋게도 내가 여행 중에 만날 수 있었던 사람들, '러시안 바' 위의 공중 곡예사를 비롯한 모든 아티스트들과 서커스 곡예사들의 그것과 맞닿아 있다. 그분들께 진심으로 감사드린다.

2021년 포렌트루이에서,
엘리자 수아 뒤사팽

1

날 기다리는 사람이 없구나, 그렇게 생각했다. 접수 창구 직원이 입장 허가자 명단을 여러 차례 훑어봤다. 그는 방금 한 무리의 여자들을 밖으로 내보내준 참이었다. 하나같이 머리를 틀어 올린 데다 근육이 발달하고, 양옆으로 바짝 당겨 올라간 눈화장을 한 여자들. 철책 뒤로 유리 돔이 보이고 시즌 공연을 알리는 포스터들 밑으로 대리석 무늬의 돌도 보인다. 난 무대 의상 제작자이니 들여보내달라고 다시 한번 말했다. 그랬더니 접수원이 이번엔 아예 텔레비전 화면으로 몸을 돌린다. 이 사람, 영어를 못 알아듣는 거야, 위안 삼아 그렇게 생각하기로 했다. 나는 트렁크 위에 앉아서, 사전에 전화로 이야기했던 남자와 통화를 해보기로 했다. 레옹인가 뭔가 하는 이름의 무대감독이라는 남자. 그러다 갑자기 픽, 신경질적인 쓴웃음이 나왔다. 전화기 배터리 잔여량이 3퍼센트밖에 남지 않았던 것이다. 하는 수 없이 배터리 충전할 장소를 찾느라 꽤 멀리 왔을 때쯤, 서커스 공연장 뜰 한가운데서 웬 남자가 나를 소리쳐 불렀다. 그가 선글라스를 손에 들고 나를 향해 헐떡거리며 달려온다. 길쭉길쭉한 체격이 아까 마주쳤던 여자들과 아주 대조적이다. 서른 살쯤 되어 보였다.

"미안합니다." 그가 영어로 소리쳤다. "일주일 후라고 생각하고 있었어요! 내가 레옹이에요."

"11월 초라고 하지 않았어요?"

"맞아요! 내가 착각했어요, 요즘 좀 정신이 없어서."

레옹과 나는 깊숙이 자리 잡은 공연장 건물을 돌아서 작은 뒤뜰까지 걸어갔다. 뜰과 바다 사이에 울타리가 쳐져 있고, 울타리 널빤지들 사이로 해안이 보인다. 꼬마전구들로 칭칭 감긴 나무 한 그루. 베이지색 캠핑 트레일러 한 대. 캠핑카 주변엔 철제 가구들이 흩어져 있고, 각각의 테이블 위에는 붉은 토마토소스가 담긴 접시들과 재떨이 대신 쓰인 접시들이 널려 있다. 그리고 의자들 위로는 운동복과 쪼그라든 레이스 옷들이 아무렇게나 걸쳐 있었다.

우리는 완만하게 휜 어두운 복도로 접어들었다. 레옹이 방문마다 압정으로 고정된 문패의 글들을 번역해주었다. 관리실, 무대 입구, 무대 기계실, 분장실. 공연자들의 침실과 탈의실은 모두 2층에 있고, 지붕 밑 제일 위층에 구내식당이 있다고 했다. 계단 밑에 이르자 그는 내게 양해를 구하고서, 식사 중인 서커스 단장을 불러오겠다며 뛰어 올라갔다.

계단 꼭대기에서 고양이 한 마리가 나를 내려다본다. 하얀색, 아니 핑크빛이 도는 흰 고양이다. 손을 내밀자 녀석이 다가왔다. 알고 보니 그 묘한 색깔은 고양이의 맨피부 색깔이다. 털이 거의 없는 고양이. 녀석이 내 다리에 몸을 비빈다. 왠지 불쾌한 느낌이 들어서 나는 몸을 다시 일으켰다.

레옹이 50대로 보이는 은발의 남자 한 명을 데리고 돌아왔다. 그 남자는 억센 손으로 내게 악수를 청했다. 레옹이 통역을 해주었다. 단장은 시간 착오가 있었던 것에 대해 유감이라고 말하면서 짧게 웃는다. 섣부른 생각일지 모르겠지만 그래도 어쨌든 이렇게 멀리까지 왔는데, 설마 조금 일찍 왔다고 다시 돌려보내진 않겠지…… 게다가 젊고 유능한 유럽식 무대 의상 전문가를 맞이하게 된 걸 영광으로 생각할지도 몰라…… 지금은 블라디보스토크 서커스의 가을 시즌 대공연이 한창 진행 중이었다. 이제 주말부터는 겨울 휴업에 들어간다. 단장은 내게 원한다면 얼마든지 공연을 관람해도 좋다고 말했다. 그런데 문제는 숙소였다. 방들은 공연자들로 이미 모두 차 있었다. 그러니 그들이 휴가를 떠난 후에야 내가 묵을 수 있는 방이 나올 것이다.

난 애써 미소를 지어 보이며 숙소 문제는 알아서 하겠다고 답했다. 단장이 손뼉을 치며 동의를 표하고는 필요하면 언제라도 부탁하라고 말했다.

이어 그는 내 대답은 들을 생각도 않고 자기 사무실 안으로 들어가버렸다. 레옹에게 통역해줘서 고맙다고 말하자 그가 어깨를 으쓱했다. 레옹은 캐나다인으로, 영어 교사였다고 한다. 왠지 그에게 신뢰가 갔다. 그래서 내가 느끼는 불안감을 그에게 털어놓았다. 난 학교를 졸업한 지 얼마 되지 않았고 연극과 영화 분야에선 일을 해봤지만 서커스 의상은 한 번도 만들어본 적이 없다. 이건 그도 이미 알고 있는 부분일 터다. 그런데 내가 지금 제대로 알 수 없는 건 시즌이 끝나서 공연자들이 집으로 가버리면, 그다음엔 어떻게 되는 건지 하는 문제다. 레옹이 고개를 끄떡이며 답하기를, 실은 그게 얼마 전까지만 해도 확실치 않았다고 한다. 보통은 여기 직원들 모두가 이곳을 떠나고 공연자들은 크리스마스 공연을 하는 서커스단을 찾아 뿔뿔이 흩어진다. 하지만 우리가 함께 일할 '러시안 바' 트리오는 블라디보스토크 서커스의 다음 시즌 프로그램을 준비하기 위해 여기 남아 있기로 결정되었다는 것이다. 그들은 봄 공연에 출연한다는 조건으로 방세를 내지 않고 서커스 공연장 숙소에 머물기로 단장과 합의했다.

"안톤과 니노는 스타예요." 레옹은 그 점을 분명히 짚었다. "그러니 이곳 단장에겐 아주 좋은 거래인 셈이죠. 트리오 쪽에서 보자면 그 반대겠지만, 어쨌거나 그렇게 됐어요."

나는 이제 제대로 이해했다는 표정을 지었다. 아마도 그 표정이 내가 이곳 코카서스 사람들과 다른 인종임을 새삼 느끼게 했을지 모르겠다. 내가 이 트리오에 관해서 알고 있는 건, '블랙 버드'라는 제목의 프로그램으로 유명한 곡예사들이라는 것, 그 쇼에서 공중 곡예사인 이고르가 3회전 공중제비를 무려 다섯 번 연속으로 한다는 것, 그 정도가 전부다. 이곳에 오기 전 자료를 찾아서 몇 가지를 알게 되었다. 서커스 묘기 중에는 '러시안 바'라는 종목이 있는데 길이 3미터, 너비 25센티의 긴 널판 양 끝을 남자 두 명이 어깨로 받치고, 다른 한 명의 멤버가 그 널판 위에서 연기하는 묘기다. 서커스에서 가장 위험한 종목 중 하나이기도 하다. 곡예사의 안전이 보장되지 않기 때문이다.

"이고르와의 공연을 생각해낸 게 당신인가요?" 내가 물었다.

"오, 아뇨! 그 사고가 있기 전까진 그들을 전혀 몰랐어요."

"사고라뇨?"

"몰랐어요? 이고르가 서커스에서 손을 뗀 지 5년이나 됐어요. 지금은 새로운 멤버가 생겼죠. 안나라고."

레옹이 이어 말하기를, 안나는 조금 전 니노와 함께 시내로 나갔고, 안톤은 지금 자기 방에 있다면서 지금이라도 안톤을 소개해줄 수 있지만 내일 공연이 끝난 후에 봐도 괜찮을 거라고 했다. 난 내일이 좋겠다고 서둘러 답했다.

"그래요, 그게 낫겠어요. 안톤은 어떤 언어든 다 알아듣긴 하는데 영어는 겨우 말하는 정도라서……."

오늘 공연은 끝났다. 이제 그는 뒷정리를 해야 한다. 레옹이 같이 가겠느냐고 묻는다. 난 핑계를 댔다. 먼 여행으로 피곤한 데다 짐도 있고, 호텔도 알아봐야 한다고. 그가 손사래를 치면서 자기가 다 도와줄 테니 걱정하지 말라고 했다.

무대 뒤로 들어가는 입구에 이르자 동물 냄새가 새어 나왔다. 시큼하고 역겨운 냄새다. 무대 뒤편으로 들어서니 지푸라기 한 줌이 널린 바닥이 보인다. 시커멓고 더러운 벽. 벨벳 천으로 칸막이를 쳐둔 마구간인 듯하다. 그러나 말들은 없고 대신 굴렁쇠, 금속 막대, 내 허리 높이까지 오는 커다란 나무 공, 뒤엉킨 전선들과 비행기 모양의 드론들이 공간을 채우고 있다. 벽에 박힌 못에는 밀짚모자들도 걸려 있다. 레옹이 줄 하나를 잡아당겼다. 커튼이 열린다.

무대로 들어섰다. 무대 위에 양탄자가 깔려 있다. 텔컴파우더(활석 가루에 붕산, 향료 따위를 섞어 만든 화장용 분―역주), 얼룩, 물 흘린 자국 등이 공연이 끝난 지 얼마 되지 않았음을 보여주었다. 공연장 안은 밖에서 본 것보다 조금 더 작았다. 기껏해야 400석. 붉은 계단식 좌석들도 모두 벨벳으로 덮여 있다. 관객 출입구에 발코니가 불쑥 나와 있고, 그곳에 여섯 개의 좌석과 보면대, 북, 콘트라베이스가 보인다. 오케스트라 좌석이다.

"좀 도와드릴까요?" 레옹에게 물었다. 그는 공중에 매달린 그네를 떼어내기 위해 철제 기둥 사다리를 기어오르는 중이다.

다행히도 그는 대답이 없다. 잘됐다. 그를 돕기 위해 그처럼 높은 곳까지 올라가고 싶진 않으니까. 그의 손놀림에 영사기가 흔들렸다. 영사기가 창을 가린 두꺼운 천의 갈라진 틈을 비추자 하늘 한 조각이 나타난다. 별이 보인다. 깜짝 놀랐다. 아직 6시밖에 안 되었는데 벌써 밤이라니. 레옹은 이제 양탄자를 둘둘 말고 있다.

"난 뭘 할까요?" 내가 다시 물었다.

그는 어렵사리 머리를 뒤로 빼고 고개를 저었다. 플라스틱 덮개로부터 해방되자 지금껏 짓밟혀 있던 흙바닥이 강한 냄새를 내뿜는다. 마치 여기, 우리가 밟고 다닌 발밑에 동물들이 숨어 있기라도 했던 것처럼.

"냄새가 지독하네요……."

"고약한 냄새죠!" 멀리서 레옹이 외친다.

그는 7년 전 자기가 들어온 후로 더는 동물을 출연시

키지 않는다고 했다. 그런데도 냄새가 사라지지 않는 이유는 자기도 모르겠단다.

"겨울은 그나마 덜한 거예요. 여름엔 정말 끔찍하죠. 푹푹 찌는 열기 속에 조명기구와 관객까지 있으니!"

그는 주위를 한번 둘러보고 나서 나직한 소리로 덧붙인다.

"내 생각엔 청소를 한 번도 제대로 하지 않아서 그런 것 같아요."

그가 무대 뒤로 들어갔다. 불들이 모두 꺼졌다. 난 그를 따라가기 전에 무심코 무대 쪽으로 몸을 돌렸다. 가로등 불빛이 틈새를 비집고 들어와서 계단 좌석을 노랗게 물들여놓았다. 그 순간, 모든 것이 1세기 전으로 되돌아간 느낌이었다. 불빛이 콘트라베이스에 부딪혔다. 옆으로 길게 누운 콘트라베이스는 마치 노래하는 데 지쳐서 활을 옆으로 밀어둔 채 심드렁한 표정으로 내일 맞을 고객을 기다리는 듯한 모습이었다.

레옹이 서커스 공연장에서 2킬로미터쯤 떨어진 데 있는 시내 호텔 하나를 찾아주었다. 역과 항구의 맞은 편이다. 소비에트 연방 시대에 건축된 건물이라는데, 복도가 끝없이 이어지고 객실들이 엄청나게 커 보인 다. 연어 살 빛깔의 복도 벽엔 창문마다 양쪽으로 정물 화가 걸려 있다. 혹시라도 승강기가 고장 났을 경우를 대비해서 비상구도 알아둘 겸 나는 계단으로 올라간 다. 일본, 중국, 한국에서 온 선박들이 보이고, 엿새 걸 려 서쪽으로 9천 킬로미터 떨어진 상트페테르부르크와 모스크바까지 가는 열차들이 오가는 것도 보인다.

여행 가방을 풀고 옷들을 정리했다. 짐이라곤 얼마 없다. 자리를 많이 차지하는 건 겨울용 부츠 한 켤레, 스웨터 한 벌과 부드러운 재질의 줄무늬 작업복 한 벌이다. 빠진 게 없는지 작업 도구들도 다시 살펴봤다. 자투리 천, 실, 바늘, 가위, 풀, 물감, 화장품, 그리고 아주 가벼운 휴대용 재봉틀. 재봉틀은 케이스 안에 그대로 넣어두기로 했다. 재봉틀을 올려놓을 만한 탁자가 없어서다. 인터넷 광고 내용과는 달리 방에 냉장고가 없다. 제법 오래 머물 것을 생각하면 꽤 난처한 일이다. 그래도 서커스 공연장 숙소에 묵기보단 이곳이 낫다. 낯을 가리는 성격이라 잘 모르는 사람들과 관계 맺을 생각을 하니 약간 걱정이 된다.

샤워하면서 목덜미에 마른버짐이 생겼는지 살펴봤다. 마른버짐은 여름이 시작될 무렵 학위 받으려던 계획을 연기하고부터 나타나기 시작했다. 점점 더 심해지는 것처럼 보인다. 나는 젖은 머리 그대로 침대 위에 몸을 던졌다. 그리고 러시안 바와 관련된 영상들을 시청했다. 두 남자가 바의 양 끝을 어깨에 멘 채 서로를 마주 보고 서 있다. 바 위에 두 팔을 엇갈리게 얹고서 두 손으로 온 힘을 다해 바를 꽉 잡고 선 몸은 팽팽하게 긴장되어 있다. 약간 숙인 머리, 바 위에 서 있는 곡예사를 향해 고정된 시선. 모바일로 보는 영상은 화질이 좋지 않았다. 게다가 와이파이 속도마저 느려서 화면에 나오는 동작이 자주 끊겼다. 연결이 됐다 안 됐다를 반복하는 통에 마치 사람 모습을 한 곤충들이 몸을 뒤틀고 있는 듯한 느낌이다. 영상 보기를 포기하고 러시안 바 위에서 연기하는 안나라는 여자에 대해 찾아봤다. 블라디보스토크 서커스 사이트엔 우크라이나 국적이라고 나와 있다. 열여덟 살 때 트램펄린 챔피언이 된 후 러시안 바 종목에서 네 번의 3회전 공중제비 묘기를 펼칠 수 있는 전 세계 세 명의 여성 체조선수 중 하나로 꼽히는 여자. 나와 동갑인 스물두 살.

모바일 영상을 껐다. 왠지 울컥하고 목이 멘다. 별안간 앞으로의 3개월이 영원처럼 느껴진다.

달콤한 설탕 냄새가 동물 냄새를 밀어냈다. 난 제일 마지막 줄에 앉았다. 큰 기둥이 무대를 가렸다. 하지만 오른쪽으로 몸을 기울이면 그런대로 잘 보였다. 원래는 더 좋은 자리였는데 그 자리는 한 꼬마에게 양보했다. 꼬마의 엄마가 고맙다는 뜻으로 자기들이 가져온 팝콘을 건네려고 했지만 눈치껏 거절했다. 꼬마가 울기 시작했기 때문이다.

오케스트라 연주에 맞춰 마침내 퍼레이드가 시작되었다. 세어보니 공연자는 모두 30명이다. 의상의 대부분이 러시아와 중국의 전통 복장이나 중세 유럽의 왕족 혹은 성직자 복장을 이용한 디자인이다. 어릿광대는 이탈리아의 광대 아를르캥에서 모티브를 딴 의상을 입었다. 약간 진부하다는 생각이 들었다. 퍼레이드 후에 저글링, 몸 비틀기, 차력 등등의 공연이 이어졌다. 그리고 어제 무대 뒤에서 봤던 공들 위로 아시아 여성들이 인간 피라미드를 만들었다. 가장 어려 보이는 소녀가 다른 한 소녀의 어깨를 딛고 올라섰는데 기껏해야 열두 살도 넘지 않았을 것 같다. 소녀는 몇 번이나 넘어질 듯 아슬아슬한 장면을 연출했지만, 매번 밑에 있던 여자들에 의해 다시 균형이 잡히곤 했다. 소녀는 끊임없이 미소를 짓는다, 비틀거리는 순간에도. 뒤이어 공중그네를 타는 남자가 등장했다. 그는 그네 위에 고정된 단자를 물고 그것을 유일한 버팀목 삼아 물구나무서기를 한 자세로 팔과 다리를 쭉 벌린 채 동심원을 그리며 돌았다.

난 이제나저제나 러시안 바 공연 순서만 기다렸다.

막간에 관객들이 서둘러 간식 판매대로 향했다. 나는 사람들과 좀 떨어져 복도에 머물러 있었다. 복도가 휘어져 있어서 방향이 가늠되지 않는다. 연대순으로 붙어 있는 벽 포스터들에서 날짜를 눈여겨보았다. 블라디보스토크 서커스는 1919년 '호기심 전시실'로부터 출발했다. 난쟁이, 수염 난 여자, 힘센 남자, 불을 뿜는 남

자. 곰, 호랑이, 코끼리 등을 비롯한 수많은 동물……
20세기 중반엔 화려하게 치장한 말들, 빨간 코의 어릿
광대. 1987년에 나타난 동양인 댄서들. 행복해 보이는
미소. 무대 효과용 연기가 그들을 느슨하게 감싸고 있
어 마치 무중력 상태에서 행복한 표정으로 죽은 사람
들처럼 보인다. 한 바퀴 빙 돌아 다시 출발점으로 왔
다. 최신기술과 드론이 등장한 21세기. 그 포스터 역시
1919년의 것처럼 빛바랜 색깔이다. 세월의 흔적이 아
니라 디자이너의 의도라는 걸 알 수 있었다. 그러니 이
전의 포스터들도 올해 만들어진 것들임이 분명하다.

러시안 바 공연 순서로 2막을 열었다. 휴대전화 화면
에서 봤던 아티스트들을 금방 알아볼 수 있었다. 러시
안 바를 들고 나오는 두 명의 남자, 안톤과 니노. 그들
은 해적 의상을 입었다. 그리고 안나는 찢어진 옷을 입
고 있다. 자유를 갈구하는 포로. 세 사람은 땅바닥에서
의 안무 스텝과 바 위에서의 공중 묘기를 번갈아 보여
주었다. 트리오의 연기와 오케스트라가 서로 불협화음
을 이루었다. 음악이 빠른 건지, 트리오의 움직임이 느
린 건지 알 수가 없었다. 안나는 템포를 유지하기 위해

서둘러 도약해야 할 것으로 보였다. 마음이 편치가 않았다. 그녀가 공중으로 높이 도약했다가 바 위에 착지한 다음, 또다시 점점 더 높은 도약을 할 때마다 난 몹시 긴장되었다. 그녀는 6미터, 7미터까지 뛰어올랐다. 마침내 오케스트라가 음악을 멈췄다. 트리오가 고개를 숙인다. 박수가 터져 나온다. 안나가 다시 바 위로 올라간다. 두두두두두둥! 북소리. 두 남자가 바를 잡은 두 팔에 다시 힘을 준다. 안나가 두 팔을 들어 올리고, 턱을 높이 치켜세우더니 까다로운 마지막 공중제비를 돌기 위해 날아오른다. 멋진 회전! 성공이다. 관객들이 더 크게 손뼉을 친다. 회전을 한 번 더 해야 했던 게 아닌가 싶은데 제대로 세보질 못 했으니 확인할 길은 없었다. 트리오의 공연이 끝났다. 나는 다음 공연에 집중하기 어려웠지만 혹시라도 그들이 내 의견을 물어볼지 몰라서 끝까지 남아 있기로 했다.

무대 오른편에서 레옹을 만났다. 해적 의상 차림으로 화장만 지운 두 남자도 함께 있었다. 두 사람 중 젊은 남자는 나이가 나보다 약간 위일 것으로 보였는데, 나와 키 차이가 30센티는 날 듯했다. 곱슬거리는 머리가 건장한 근육 몸매와 대조를 이루었다. 그가 내게 활짝 미소를 보이며 말을 건다.

"와주셔서 너무 기쁘네요. 니노라고 합니다. 이쪽은 안톤이고요."

키가 더 작달막하고 상체 근육이 석고상처럼 단단해 보이는 또 한 남자. 니노의 아버지일 수도 있겠다는 생각이 들었다. 그 역시 날 향해 미소를 지었다. 눈썹이 올라가자 이마에 주름살이 파였다. 행복해 보이면서 동시에 슬픔도 담겨 있는 표정. 내가 그들의 공연에 대해 찬사를 늘어놓자 그 표정이 더 뚜렷해졌다.

"안나는 지금 쉬고 있어요. 이따 저녁때 만날 거예요. 당신을 보면 반가워할 겁니다." 니노가 말했다.

니노가 안톤에게 슬며시 동의를 구하는 듯했지만, 안톤은 별 반응이 없다.

"자, 그럼," 레옹이 말했다. "난 뒷정리를 좀 하러 가야겠어. 이따가 식당에서 보자고!"

멀어져가는 그를 보면서 난 왠지 조금 불안해졌다.

녹색의 타일 바닥, 금속 테이블, 식기 부딪치는 소리. 네온 불빛이 돔을 마치 큰 새장처럼 보이게 했다. 우린 아티스트들 가운데 섞여서 줄을 섰다. 쟁반 위에 놓인 접시들은 한결같이 흰색이다. 베샤멜 소스로 보이는 걸쭉한 액체, 쌀이나 녹말가루 같은 알갱이들, 감자 퓌레처럼 부드러워 보이는 음식들. 많은 사람이 맥주를 곁들이고 있었다.

"Hunger?" 안톤이 자기 배를 두드리면서 묻는다.

배식대에서 오동통한 젊은 아가씨가 침울한 표정으로 쟁반에 음식을 올려준다. 나는 치즈 파이처럼 보이는 것과 맥주 하나를 골랐다. 니노가 주스를 집어 들며 한숨을 쉰다. 일할 땐 술을 마실 수 없기 때문이다. 안톤은 술을 끊은 지 오래되었다고 한다. 나는 머뭇거리다가 맥주 캔을 내려놓는다. 실은 맥주를 싫어하는데도, 긴장하지 않은 듯 보이려고 집었던 것뿐이라서.

우린 계산대에서 좀 멀리 떨어져 있는 테이블에 자리를 잡았다. 내가 먼저 말을 꺼냈다. 이곳에서의 일상이 어떤지 묻자 블라디보스토크 서커스장에서 머무는 건 그들도 이번이 처음이라고 했다. 이곳에 온 지는 두 달. 2주간의 준비 후에 수요일부터 일요일까지 매일 두 차례씩의 공연을 6주간 계속해오고 있다고 했다. 공연 횟수를 듣고 나는 깜짝 놀랐다.

"보통은 스케줄이 꽉 차 있어요." 니노가 말했다. "블라디보스토크 서커스는 이 지역에서 가장 큰 서커스단이거든요."

그처럼 많은 관중 앞에 나서는 일이라니, 나 같은 사람한텐 고역일 뿐이다. 니노의 말이 이어진다. 공연이 있는 날이면 8시에 일어나 아침 식사를 한 뒤 무대 위에서 훈련한다. 팀마다 각각 30분씩. 그러고 나서 기다렸다가 몸을 풀고 오전 공연, 가벼운 점심, 대기, 몸풀기, 오후 공연, 저녁 식사, 휴식.

"훈련 시간이 그렇게 적어요?"

"그저 현재의 기량을 유지하기 위해서 하는 훈련일 뿐이니까요." 니노가 말했다. "그날 공연을 위해서 사소한 것들만 교정하는 거죠. 사실 하루에 2회 공연도 많은 거예요. 그 이상은 못 해요. 본격적인 연습은 올가을에 시작될 거예요. 당신과 함께."

니노는 자기들이 지금 세계에서 가장 큰 국제 서커스 페스티벌 중 하나를 준비 중이라고 설명했다. 약 6주 후, 크리스마스 직전에 열리는 페스티벌인데 올해는 시베리아의 울란우데에서 개최된다. 안톤과 니노는 이미 그 대회에서 이고르와 함께 상을 받은 적이 있고, 이번은 안나와 함께하는 첫 번째 대회다.

"다들 함께 일한 지는 얼마나 됐어요?" 내가 물었다.

"안나하고는 겨우 1년밖에 안 됐어요."

그러고서 그는 안톤을 바라보며 말했다.

"이분과는 19년."

당황하는 내 표정을 보고 니노가 웃었다.

"안톤이 나를 서커스단에 입단시켰을 때 내 나이가 여덟 살이었죠."

안톤이 접시에 코를 박을 듯이 고개를 숙이고 웅얼

거렸다. 그 모습을 보고 니노가 더 크게 웃었다.

"지금 이 모습은 자기가 어린 꼬맹이를 착취해왔다는 사실을 인정하는 거예요. 요즘 같으면 어림도 없는 일이죠. 어쨌거나 난 안톤 덕분에 이 자리에 있는 거예요. 요즘 같은 세상에 애들을 데려다가 훈련시킨다는 건 감히 꿈도 못 꿀 일이죠. 그러니 청소년층의 서커스 수준이 낮아질 수밖에요. 다행히도 러시아에선 아직 예외가 있긴 해요."

안톤은 바이칼 호수 지역 출신이고, 니노는 독일 출신이다. 니노의 부모님은 독일 북부의 브레멘에서 서커스를 운영하고 있다. 니노가 일곱 살이 되자 부모님은 아들을 모스크바 서커스 학교에 입학시켰다. 그들은 안톤이 그때까지 아내와 해오던 듀오 곡예를 끝으로 활동을 접고 아이들 양성하는 일을 시작했다는 걸 알고 있었다. 니노는 안톤의 첫 제자들 가운데 한 명이었다. 그리고 마침내 두 사람이 힘을 필요로 하는 곡예 프로그램을 하나 만들면서 안톤도 다시 무대로 돌아왔다. 처음엔 니노의 부모님이 운영하는 서커스단에서 공연을 시작했고, 그러면서 두 사람의 이름이 알려지기 시작했다. 니노는 장학금을 받고 학교를 졸업할 수 있었다. 그런데 니노가 열네 살이 되자 안톤이 들어 올릴 수 없을 정도로 키도 몸무게도 늘었다. 하지만 두 사람이 워낙 친밀한 관계인 데다 서로에 대해 너무나 잘 알고 있었기에, 당시 니노보다 조금 더 어렸던 이고 르를 합류시켜서 러시안 바로 쉽게 종목을 바꿀 수 있 었다.

"이고르와 함께할 때 우린 정말 잘나갔더랬어요. 미 국, 캐나다, 유럽, 러시아, 중국, 안 가본 데가 없었죠."

그때 별안간 안톤이 벌떡 일어나더니 음식 맛이 없 다면서, 오이절임을 가지러 갔다. 니노가 미안한 표정 으로 나를 바라봤다.

"이런 데를 레스토랑이라고 부르다니……."

난 아무 상관 없다고 말했다. 그리고 실은 어렸을 때 여기 살았었기 때문에 다시 와보니 어릴 적 일들이 생 각난다고 덧붙였다.

"아, 그래요?"

"네, 블라디보스토크가 외국인들에게 개방된 직후 였어요. 아버지가 이곳 대학에서 연구원으로 일하셨거 든요."

그때 레옹이 안나를 데리고 나타나는 바람에 우리의

대화는 자연스레 끊겼다. 벨벳 트레이닝복 차림의 안나는 장밋빛 뺨에 광대뼈가 약간 튀어나온 얼굴이었다. 난 깜짝 놀랐다. 무대 위에서 그녀는 아주 호리호리하고 나보다 훨씬 마른 것처럼 보였었는데, 막상 가까이서 보니 한쪽 넓적다리가 내 넓적다리의 두 배는 될 것 같았기 때문이다. 근육질의 탄탄한 다리, 단단한 가슴과 목. 두 팔만이 부드러워 보였고, 포동포동한 느낌마저 들었다. 마치 그 부위만 유일하게 근육운동을 하지 않아서 여성적인 부드러움이 남아 있는 것처럼.

"치즈." 안나가 턱으로 우리 접시를 가리키며 니노에게 말했다. "먹어봐서 알겠지만, 그거 신맛이 나던데."

"나탈리가 먹어보고 싶대서." 니노가 말했다. "치즈 말고 다른 것들도 있어."

"아, 그 여자로군."

"이름이 나탈리야." 레옹이 알려주었다.

안나가 내게 과장된 미소를 보냈다. 치아가 아름답다. 앞니들은 아주 고르지만, 옆의 이들은 약간씩 사이가 벌어져 있다. 고른 치아가 전등 빛 아래 하얗게 빛났다.

"언제까지 있을 거예요?" 그녀가 물었다.

안톤이 오이절임 단지를 갖고 돌아왔다. 안나의 목소리에 조금 위축되는 기분이다. 내가 부러워하는, 약간 허스키한 목소리다. 안나의 질문에 나는, 계약은 올해 말까지로 예정되어 있지만 아무래도 상관없다고 답했다. 왠지 내 체류 기간이 짧을수록 그녀가 반가워할 것 같아서였다. 하지만 다른 사람들이 행여라도 내가 계약을 이행하지 않을 거로 생각하지 않도록, 모든 건 그들에게 달려 있다는 말도 잊지 않았다. 그리고 크리스마스에 아버지를 만나기 위해 페스티벌이 끝나자마자 떠날 수도 있고, 아니면 여기에 남을 수도 있다고 했다. 주변을 돌아다니며 걷고 산책하는 걸 워낙 좋아하기 때문에 난 어느 쪽이 되든 불편할 게 없다고, 어디서든 쉽게 적응하는 편이라는 말도 덧붙였다. 그러고 나서 입을 다물었다. 아무 말이나 생각나는 대로 마구 지껄였다는 느낌이 들었다.

"레옹, 조심해." 니노가 미소 지으며 입을 열었다. "나탈리는 이 도시에 대해 형보다 더 잘 알고 있어. 여기서 자랐대."

그의 말에 난 빠르게 정정했다. 내가 여기서 산 건 2년밖에 되지 않는다, 겨우 여섯 살부터 여덟 살까지였을 뿐이다. 그래서 이곳에 대한 추억은 아주 적다. 엄마는 폐 질환을 앓고 있었고, 엄마가 돌아가신 직후 아버지와 난 파리에서 이곳으로 왔다. 아버지는 물리학자였고, 이곳 대학에서 2년 동안 가르쳤다. 그러다 강의실에서 학생들을 가르치는 일보다 실험실에서 연구하는 일을 더 좋아한다는 걸 깨달았다. 그래서 블라디보스토크를 떠나게 되었고 이후로 샌프란시스코, 시카고의 대학 연구실에서 일했으며 지금은 미 항공우주국, 나사와 함께 일하고 있다…… 아버지는 미국에 남았고, 나는 오래전 유럽으로 돌아와 프랑스 기숙사에서 지내며 고등학교와 대학 공부를 마쳤다. 그리고 이후 벨기에의 패션 학교에 입학하여 학업 과정을 낸 뒤 무대 의상 전문가가 되었다는 얘기까지 했다.

"여기 있을 때 나를 돌봐주신 분이 있었어요. 은퇴한 프랑스어 교수였는데, 올가라는 분이었어요."

그 후로 이곳에 다시 온 적이 있는지 레옹이 물었다. 난 고개를 저었다. 그러고서 아마도 올가는 이미 세상을 떠났을 거라고, 그녀는 당시에도 이미 나이가 많았었는데 우리 아버지는 그녀의 연락처를 갖고 있지 않았다고 말했다. 동문서답을 하는 한편으로 나는 어느

새 이런저런 사정 설명을 하고 있었다. 내가 여기 온 건 내 의지였다기보다는 상황 때문이었다. 가을 동안만 할 일을 찾고 있었는데 마침 교수님 한 분이 블라디보스토크 서커스 단장을 알고 있었다. 그래서 서커스단에 의상을 맡아줄 사람을 찾는 트리오가 있다는 말을 듣고 그 교수가 나를 추천했다. 하여 레옹으로부터 연락을 받고 여기 이렇게 오게 된 거다…… 그렇게 결론을 맺으면서 난 이곳에 온 게 완전히 우연이라는 뜻으로 하늘을 향해 두 손바닥을 펴 보였다.

"당신 교수가 우리 서커스 단장을 알고 있다는 게 신기하군요." 레옹이 말했다.

"얼핏 듣기로 오래전 두 사람이 런던에서 〈캣츠〉 공연할 때 함께 일했다는 것 같았어요."

"레옹은 우리의 수호천사예요." 니노가 말했다. "안나를 도닥여서 안심시켜주고, 우리 프로그램 연출도 하고, 기술도 빠삭하게 알고 있고."

레옹이 고개를 숙였다. 니노가 말하기를, 현재 전 세계에서 러시안 바를 공연하는 트리오가 열다섯 팀 있는데 그중 다섯 팀이 가장 뛰어나며 자신들이 바로 거기에 속한다고 했다. 교만하거나 가식적인 말이 아니었다. 그 뛰어난 팀들이 울란우데에서 경쟁을 벌인다는 것이다. 니노와 안톤은 안나와 함께 공중제비 트리플 회전을 4회 시도할 계획이라고 했다.

"그건 여기서도 이미 하고 있지 않아요?"

"연속으로 하는 거죠." 레옹이 말했다. "중간에 한 번도 내려오는 일 없이 바 위에서 연속으로 네 번을 시도하는 거예요. 3회전을 하고 나서 그렇게 빨리 균형을 찾으려면 고난도의 기술이 필요하거든요. 게다가 바를 잡은 사람들에게도 굉장히 많은 힘이 필요하고요."

그 말에 안나를 쳐다봤다. 그녀는 니노의 접시에 담긴 음식을 먹고 있었다.

"그 경연에서 수상하면 그다음은 어떻게 되는 거예요?"

"Better money." 안톤이 말했다.

"이름이 더 알려지죠." 니노가 덧붙였다. "그건 서커스 단장들에게 보증수표나 다름없어요. 다시 말해서 더 큰 공연을 할 기회가 늘어난다는 뜻이죠."

"레옹 말이, 서커스 무대 의상은 한 번도 만들어본 적이 없다던데." 안나가 말했다.

"맞아요." 내가 고백했다.

"상관없어요." 니노가 말했다. "우린 새로운 팀을 원해요. 새로운 프로젝트, 새로운 시선."

"Big festival." 안톤이 말했다. "Also first time for Anna."

안나가 의자에 몸을 깊숙이 파묻었다. 난 그녀의 넓적다리에서 시선을 떼기 어려웠다. 어찌나 탱탱하고 탄력 있어 보이던지, 탁구공을 던져서 얼마나 튀어 오르는지 시험해보고 싶을 정도였다. 나는 남자들에게로 몸을 돌렸다. 그들은 이미 무대 연출에 대해 생각해둔 바가 있는 모양이다. 레옹은 자기들이 구상한 무대가 있다고 말했다. 표범을 염두에 두고 있다고. 지금은 거의 멸종된 것으로 알려진 아무르강 유역의 아무르 표범. 하지만 그건 그냥 생각일 뿐이고, 내 의견을 적극적으로 환영한다고 했다. 난 진지하게 고민해보겠다고 약속했다. 그리고 내가 작업했던 의상들의 사진을 보여주겠다고 했다. 가장 최근의 것으로, 내가 가장 자부심을 느끼는 작품은 토마의 졸업 영화를 위한 의상이다. 사진을 보여주기에 앞서 상황을 설명했다.

"영화계에서 일하는 친구가 있거든요."

나는 휴대전화에 있는 사진들을 주욱 펼쳐 보였다.

토마는 잠수함에 관한 영화를 만들고자 했지만 우린 특수효과를 만들어낼 방법이 없었고, 더욱이 물속에서 촬영할 방법을 찾기도 어려웠다. 그래서 그냥 야외에서 촬영을 진행하기로 했고, 전선이나 특수효과 같은 트릭 없이, 아무것도 감추지 않은 상태에서 있는 그대로를 찍기로 했다. 있는 그대로 찍기, 그게 콘셉트인 셈이었다. 마찬가지로 나도 은박지와 셀로판지를 이용해서 의상을 만들었다. 그런데 막상 셀로판지를 써보니, 수십 미터의 길이가 필요했던 데다 셀로판지끼리 자꾸 붙어서 작업이 불가능했다. 그래서 카메라를 중심으로 양옆에 셀로판지를 길게 늘이고, 그 안에서 배우가 옷을 입은 것처럼 셀로판지를 몸에 둘둘 감기로 했다. 마치 그것이 물인 것처럼. 그렇게 완성된 영화는 당시 수많은 영화 페스티벌에서 상영되었다. 테이블 위로 몸을 숙인 채 내 설명을 듣고 있던 그들은 꽤 감동한 표정이었다. 그런데 계속 사진을 넘기다가 그만 바보 같은 셀카 한 장이 나오고 말았다. 토마가 내 목에 키스하고 있는 장면이라니! 모두가 그 사진을 보았고, 난 빨개진 얼굴로 셀카와 작품을 미처 분류해놓지 못한 것을 사과했다.

"그거 볼 수 있을까요?" 레옹이 물었다.

"영화요?"

"그래요, 영화."

그 말에 난 웃었다. "블라디보스토크에선 절대로, 절대로 안 돼요. 이 전화기 안에 숨겨놓은 잠수함들이 너무 많아서 난 국가기밀 누설죄로 추방당하고 말걸요." 안톤이 농담할 때가 아니라는 듯한 엄한 눈초리로 나를 봤다.

"하드 디스크에 있긴 해요……"

우린 입을 다물고 식사를 했다. 구내식당은 이제 텅 비었다. 젊은 아가씨가 배식대 앞에서 철책 문을 내렸다. 분수에서 물 떨어지는 소리와 식기세척기 돌아가는 소리가 멀리 주방 구석에서 나직하게 들려왔다.

"가끔 키에브에 들르기도 하나요?" 내가 안나에게 물었다.

"물론이죠."

이마에 앉은 파리를 손으로 쫓아내며 안나가 말했다. 어느새 니노의 접시를 깨끗이 비운 그녀는 몸 상태가 별로 좋지 않다며 자리에서 일어나더니 방으로 돌아가겠다고 했다.

"괜찮겠어?" 니노가 물었다.

안나 자신도 알 수 없다. 그녀는 곧 나아지려니 생각한다고 말했다. 그러곤 날 한번 쳐다보더니 돌아서면서 덧붙였다.

"그러길 바라야지."

다음 날 공연자들 숙소 입구에서 안톤이 나를 맞아 주었다. 그는 내 어깨에 두 손을 올리고서 조금 떨어져 선 채로 이마에 입을 맞추었다. 그러고는 니노와 안나가 병원에 있다는 소식을 전하며 자기 방에서 함께 기다리자고 했다. 방이 너무 작고 옹색한지라 들어가기가 뭣해서 그냥 문 옆에 서 있었더니 그가 팔을 크게 휘저으며 들어오라고 했다. 싱글 침대, 겨자색 벽지, 작은 테이블 그리고 옷들이 켜켜이 쌓여 있는 의자 하나. 구석에서 냉장고 한 대가 웅웅거렸다. 그의 개인 물품은 모두 침대 밑 가방 안에 들어 있는 것 같았다. 가방은 열린 채였다. 방 안은 이 건물의 다른 어느 곳보다 훨씬 덥고 습했다. 그래서인지 유리창에 물방울이 맺히는 결로현상이 보였다. 안톤이 급히 의자를 치우고 침대 발밑에 있는 잔 하나를 집어 들었다.

"Wash." 그가 남자 탈의실 쪽으로 잔을 씻으러 가며 말했다.

그리고 잠시 후에 헐떡거리며 돌아와서는 냉장고 문을 활짝 열고 마치 보물이라도 있는 듯이 내부를 보여준다. 냉장고 안은 과일, 치즈, 물병들로 가득 차 있다.

"Hunger?"

난 미소를 지으며 괜찮다고 말했다. 그가 음료수병을 가리켰다.

"Bubble? No bubble?"

한사코 권하기에 나는 탄산수 말고 그냥 물을 달라고 했다. 그가 내 손바닥에 사과 하나를 올려놓더니 손가락으로 과일을 감싸 쥐게 해서 기분 좋은 서늘함을 느끼게 해준다.

"Too hot." 안톤이 침대 가장자리에 앉으면서 더운 숨을 내쉬었다.

그가 천장에 있는 통풍구의 창살을 가리켰다. 얼핏 보기에도 결함이 있어 보인다. 가슴이 부풀었다 가라앉았다 하면서 그의 숨소리가 방 안을 가득 채운다. 이 발이 잘못된 부분이 눈에 들어왔다. 그가 넓은 이마를 팔로 쓱 닦는다. 반복해서 바에 쓸려 올이 다 풀어진 셔츠의 소매와 그의 이마 주름이 서로 연결된 것처럼 보였다. 그가 팔을 들어 올리는 바람에 오른쪽 어깨에 혹처럼 솟아난 굳은살이 드러났다.

"Old pain." 내가 자기 어깨를 쳐다보고 있음을 알고 안톤이 말했다.

그는 내 침묵이 그리 부담스럽지 않은 듯했다. 나는 무심코 시선을 밑으로 향했다. 그러고 보니 나무토막 자투리들이 문 옆 바닥에 작은 산을 이루고 있었다. 안톤이 그런 나를 보곤 조각하는 시늉을 했다. 이어 침대 밑으로 몸을 숙이고 가방을 끌어당기더니, 그 안에서 구두 상자 몇 개를 꺼내 열어 보인다. 상자들 안엔 작은 나무 새장들이 한가득 들어 있다. 그가 나더러 아무거나 하나 고르라고 했다. 나는 그것들을 오랫동안 바라보다가 새 한 마리가 날아가려는 듯 밖으로 쏙 나와 있는 모양의 새장을 골랐다. 새장은 금속 핀 같은 것으로 받침판에 섬세하게 연결되어 있었다.

"Do you do this during your free time(자유 시간엔 이걸 만드는군요)?"

안톤이 힘차게 머리를 끄덕였다.

"And, of course, training(물론 훈련도 하고)."

그는 다시 허리를 숙여서 힘들게 빗자루 손잡이를 꺼냈다. 그리고 그것을 손바닥 위에 세우며 균형 잡기를 해본다. 이어서 연필을 이마에, 또 코 위에 올려놓고 균형 잡는 연습을 해 보이더니, 모든 걸 침대 위에 늘어놓고 창문 쪽을 바라보며 외쳤다.

"Look!"

안톤이 유리창에 얼굴을 바짝 갖다 댔다. 나도 그 옆에 가서 섰다. 바다 위에서 바람이 구름 한 조각을 막 밀어낸 참이다. 컨테이너 운반선이 힘없이 흔들리고 있다. 회색빛 풍경 속에 그 배가 유일한 컬러 포인트이다. 곧 폭우가 쏟아질 것 같다. 자신과 마찬가지로 그 풍경에 감동하고 있는지 확인하려는 듯 안톤이나를 바라봤다. 내가 도착하던 날은 어스름해진 무렵이라 특별한 풍경은 보지 못했는데…… 둘러보니 서커스 공연장 건물 오른편으로 벽돌 굴뚝이 높이 올라간 공장 하나가 서 있고, 벽에 라틴어 알파벳으로 Sugarsea(슈가씨)라고 크게 씌어 있다. 공연장 왼편으로는 커다란 다리 하나가 있다. 하지만 끝부분은 안개 속에 가려서 보이지 않는다.

"Biggest bridge," 안톤이 말했다. "To Rousski Island. You know?"(2012년 아시아 태평양 경제 협력체 블라디보스토크 정상회담이 열리는 루스키섬을 육지와 연결하기 위해 만들어진 다리 이야기를 하고 있는 것으로 보인다—역주)

난 고개를 저었다. 어느새 레옹이 와서는 손과 이마를 유리창에 바짝 대고 있는 우리를 보고 말했다.

"두 사람, 지금 뭣들 하고 계시나?" 그가 놀리듯이 묻고는 안나와 니노가 곧 돌아올 거라고 알려줬다.

그들은 계단식 좌석에 앉아 있었다. 니노가 단장과 협상을 막 끝낸 모양이다. 협상이 순탄치 않았던 게 분명하다. 단장은 몹시 화가 난 표정으로 나가버렸고, 종아리에 압박붕대를 댄 안나가 절뚝거리며 그 뒤를 따라갔다. 그녀는 눈길 한번 주지 않고 우리 옆을 지나쳐 갔다.

"인대가 늘어났어요." 니노가 말했다. "일주일 동안 꼼짝 말고 쉬어야 한대요. 그런데 단장은 공연 시작과 끝 순서로 펼치는 퍼레이드에 우리 팀이 참석한다는 조건으로 남은 기간의 공연비를 지급하겠다고 하네요."

레옹이 하늘을 올려다봤다.

"공연도 안 하는데 퍼레이드에 참가하는 게 무슨 의미가 있어요?" 내가 물었다.

"그게……." 니노가 우물거렸다.

"단장이 이번 가을 우리가 무대에 오를 수 있게 해주었으니, 우리로선 할 말이 없지요." 레옹이 말했다.

"Tradition." 안톤이 '전통'이라고 한마디 하고서 니노를 바라보자 니노가 대신 말을 이었다.

"예전엔 마을에 서커스단이 들어오면 항상 마을을 한 바퀴 도는 것부터 했어요. 그렇게 해서 사람들의 이목을 끌고 호기심을 갖게 하는 거예요. 하지만 오늘날엔 의미가 없어졌죠. 더욱이 이런 상설 서커스단에서야 말할 것도 없고. 나는 서커스단을 운영하는 집안에서 태어났기 때문에 그게 그리 부담스럽지 않아요. 우리 부모님이 항상 말씀하셨었거든요. 그건 존중받아야 하는 역사이고 관객들에게 고마움을 표하는 방법이라고. 하지만 안나는 그런 식으로 얼굴을 드러내는 걸 수치스럽게 여겨요. 엘리트 스포츠 선수 출신이니까. 차라리 다친 다리로 공연을 하는 편이 훨씬 낫다고 생각하는 거 같아요."

"그럴 수 있을까요?"

"물론 안 되죠."

안톤은 자신의 뒤틀린 어깨를 보여주면서, 그건 상황에 따라 다른 문제이고, 자신은 온몸이 부서지다시피 다쳤을 때도 공연을 멈춘 적이 없다고 말했다.

"안톤, 모두가 당신 같을 순 없어요." 니노가 반박했다.

이어 그는 모스크바에서 올림픽 경기가 열렸던 해 일어난 일을 이야기해주었다. 안톤과 그의 아내는 개막식 준비를 하고 있었다. 롤러스케이트를 타면서 천장에 걸린 리본을 사용해 연기하는 공연이었는데, 그의 아내는 공중 곡예사였다. 그런데 올림픽 경기 개막식 일주일 전에 그녀가 추락하는 사고가 벌어졌다. 리본 길이가 짧아서 그녀의 안전을 지켜주지 못한 것이다. 다행히 안톤이 그녀를 잡을 수 있었지만 그때 그의 어깨가 빠지고 말았다. 그런데도 그는 개막식에 참석하려고 아무 일 없는 척하며 공연을 계속했었다.

"소비에트 연방 시절이었죠." 니노가 말했다. "아시다시피 그때는……."

"No, no." 안톤이 말했다. "It is duty. Only duty." 그건 의무였다고.

"요컨대," 니노가 못마땅한 투로 말을 맺었다. "결국

의사의 진료를 받았을 땐 이미 근육과 힘줄이 한쪽으로 몰려버린 후였어요. 너무 늦었던 거죠."

나는 눈을 깜빡거리며 물었다.

"아프지 않았어요?"

"Of course, pain!" 안톤이 외쳤다. 당연히 아팠다면서. 반은 자랑스럽게, 반은 숙명론자처럼.

"하긴 나도 마찬가지예요." 니노가 말했다. "내가 열에 시달릴 때도 우리 아버진 나를 무대 위로 내몰곤 했으니까요. 열이 아마 40도쯤 되었지 싶은데, 그래도 난 단장의 아들이었으니까 모범을 보여야 했어요. 만일 모든 아티스트들이 사소한 문제 하나에도 공연을 멈춘다면…… 하지만 안나가 쉬는 건 오히려 잘된 일일 수도 있어요. 우린 울란우데 경기를 준비하기에 시간이 빠듯하니까. 안 그러면 휴가 기간을 단축해야 했을 거예요. 그러니 우린 휴식이 좀 필요해요."

그때 색소폰 연주자가 오케스트라 무대 위로 올라가 가방에서 악기를 꺼냈다. 안톤이 저 형편없는 오케스트라와 더는 함께 일하지 않아도 되어서 기쁘다고 말했다. 몸을 마음대로 비틀고 구부리는 곡예사도 화려한 트랙 수트를 입고 도착했다. 어린 사내애가 옆에서 소란을 피웠지만 그녀는 아랑곳하지 않고 준비 운동을 하며 몸을 풀었다. 안톤이 다가가서 그녀의 발 자세를 고쳐주며 아이에게 시끄럽게 굴지 말라고 소리쳤다. 아이는 금세 입을 다물었다. 니노가 몸을 굽히고 내 귀에 속삭였다. 안톤은 모든 걸 가르치고 고쳐주지 않곤 못 배기는 사람이라면서, 그렇기 때문에 어디서나 훈련 코치 습성이 나오는 건 아무도 못 말린다고. 난 계속 두 사람을 지켜봤다. 여자는 무대 중앙에서 혼자 구르기도 하고, 머리를 배 밑으로 넣기도 하면서 말미잘처럼 팔다리를 흐느적거리며 움직였다.

아티스트들이 머리를 높이 든 자세로 줄을 섰다. 레옹이 막을 올리자 퍼레이드가 시작되었다. 레옹은 모니터 카메라의 스크린으로 무대를 살피고 있고 난 그의 옆에 앉아 있다. 광각렌즈 카메라가 모든 걸 작아 보이게 한다. 계단식 의자에 사람들이 꽉 찼다. 관객들이 손뼉을 친다. 아티스트들의 행진과 인사. 혼연일체가 된 공연자들. 무릎을 높이 올리고 완벽하게 동작을 맞춘 걸음걸이. 무대를 두 번째 돌 때 그들은 둘로 나뉘었다가 관객들 앞에서 다시 한 덩어리를 이룬다. 그러고 난 뒤 전쟁 영화의 필름을 되감을 때처럼 뒷걸음질해서 무대 뒤편으로 들어간다.

폭우는 쏟아지지 않았다. 이때다 싶어 시내를 구경하러 나섰다. 공원이 높은 곳에 위치하고 있어서 도시의 생김새를 한눈에 내려다볼 수 있었다. 가지처럼 갈라져 나온 작은 둔덕들, 해안까지 뻗어 있는 비탈, 웨딩 케이크에 두른 리본들처럼 휘감아 돌아가는 분홍빛과 하얀빛의 도로들. 시내 중심에서 멀어질수록 덧문이 닫힌 집들이 더 많아졌다. 성당 안으로 들어가자 입구에 성상을 파는 기념품점이 보였다. 성상 하나를 사서 아버지에게 선물할까 하다가 이내 포기했다. 그 성상들이 진정 의미하는 게 뭔지 모르겠다는 생각이 들어서였다. 게다가 여기서 뭔가를 사가지고 가면 내가 블라디보스토크에 왔다는 사실이 드러나게 된다. 본당 바닥에는 지푸라기가 널려 있고 의자는 없다. 숄을 두른 여자 방문객들이 끊임없이 들어왔다 나간다. 나는 스테인드글라스를 감상하려고 옆쪽에 자리 잡았다. 그런데 성당 관리인이 다가오더니 자기 머리를 문질러 보이며 내게 나가달라고 요청했다. 내가 미사포를 쓰고 있지 않아서 그런 것 같았다.

다시 호텔 쪽으로 내려갔다. 상가 건물들 정면엔 진열창이 없었다. 대신 광고 포스터들만이 그곳에 상점들이 있다는 걸 말해주었다. 나는 갈색 머리 여자의 광고판이 걸린 가게로 들어갔다. 광고판 속에서 면도기 하나로 우스꽝스럽게 치장을 한 여자는 검은 벨벳의 바나나 장식으로 몸을 반쯤 가리고 있었다. 왠지 사적인 공간 속에 들어가는 기분으로 문을 밀었다. 카메라, 보석, 구두…… 판매 직원들은 차를 마시면서 TV를 보고 있었다. 가까이 다가가도 다들 아무런 반응이 없다. 나는 향신료 판매대의 통로 사이에 서서 쌓여 있는 요구르트 종류를 살폈다. 몽블랑 마크가 보인다. 바닐라 맛 크림. 냉장 보관해야 하는 거 아닌가? 확인을 위해 포장지를 봤다. 내 생각이 맞았다. 차갑게 보관해야 한다. 열기로 인해 이 작은 병 안에서 나쁜 박테리아들이 마구 증가했을 거라는 생각이 들었다. 나는 들고 있던 요구르트를 내려놓고 빵과 바나나를 샀다. 그리고 숙소로 돌아와 바닥의 양탄자 위에 앉아서, 좀 높기는 하지만 침대를 식탁 삼아 빵을 먹었다.

벽 너머로 아시아 언어가 들려온다. 드르륵드르륵 가방 끄는 소리가 합주를 이룬다. 나는 침대맡 테이블 위에 안톤이 준 새장을 올려놓았다. 가까이 보니 새가 더 이상 새처럼 보이지 않는다. 주머니칼의 칼질 자국, 날개, 몸을 표현하려고 파낸 자국, 받침대에 붙어 있는 발, 그 외엔 알아보기 어려웠다. 새의 몸통 면으로 나 있는 작은 구멍에 눈을 갖다 대자 아주 가느다란 두 개의 줄기가 보인다. 엄밀히 따져서 둥지의 잔가지들이라고 받아들이기로 했다.

내 임무에 대해 생각해봤다. 내가 만들어야 할 의상들. 짜릿한 흥분이 온몸을 훑고 지나간다. 나에 대한 그들의 신뢰가 자부심을 느끼게 했다. 난 경험이 거의 없다. 울란우데 경연대회까지 시간이 얼마 남지 않았다. 그러다 더럭 의심이 든다. 우린 서로를 잘 모른다. 그런 생각이 들자 그들의 신뢰가 비정상으로 느껴진다. 실력도 검증되지 않은, 잘 알지도 못 하는 여자한테 맡길 정도라면 의상 제작이라는 내 역할은 그리 중요한 게 아닐 확률이 높다.

이고르와 함께했던 그들의 공연 영상을 다시 보았다. 카메라는 바 위의 곡예사를 따라가다가, 곧 바를 잡고 있는 아티스트들을 비췄다. 안톤은 지금보다 더 젊다. 이마를 가로지르는 깊은 주름살도 없다. 하지만 화장과 조명으로 그의 얼굴은 잔뜩 가려져 있었다.

매일 있는 네 번의 퍼레이드 때문에 트리오는 공연장을 떠날 수 없다. 난 레옹과 함께 머물러 있었는데 그는 공연 중에 커튼을 여닫는 일과 매 공연 전 공연자들이 접촉할 물건들의 상태와 조명을 미리 확인하는 일을 한다. 관객들을 위한 서비스용 사탕 병에 사탕이 가득 채워져 있는지 확인하는 일까지 병행하며 그는 계산대에서 일하는 대학생들에 대해 불평을 털어놓았다. 직장에 일하러 온 게 아니라 바캉스를 즐기러 온 줄로 안다면서. 비축해둔 사탕은 사탕 포장지 상자들 밑에 다 짓눌려 있었다. 레옹이 그중 하나를 집어 내게 주었다. 공연장 옆에 있는 공장의 슈가씨 상표가 찍혀 있었다.

"소금과 해초 조각으로 만든 캐러멜이에요." 레옹이 말했다. "맛도 없는데 서커스단에선 그것만 사요. 값이

싸거든요. 저 공장은 50년째 버티는 중이죠. 지금은 가격이 급격히 내려갔어요, 설탕 방지 캠페인을 벌이는 자들이 소문을 퍼뜨리는 바람에. 공장 건물의 콘크리트가 저렇게 단단한 건, 아이들의 충치 먹은 이들을 저 안에 집어넣어 만들었기 때문이라나요."

"진담이에요?"

그가 어깨를 으쓱했다.

"공장에서는 자사 제품은 해초를 사용해서 만들기 때문에 건강에 좋다고 반박했어요."

난 멜빵 달린 작업복 호주머니에 사탕을 집어넣었다.

그날 밤은 구내식당이 가득 찼다. 나는 그들과 함께 식당에서 먹지 않고 호텔에서 공연장까지 몇 번을 오갔다. 공연 중에 레옹이 자기 이야기를 들려줬다. 서른다섯 살. 퀘벡 출신. 몬트리올 서커스 학교에서 영어 교사로 일했다. 학생들은 전 세계에서 왔다. 그는 러시아 곡예사 여인을 만났고, 두 사람은 그녀가 교육을 받는 동안 캐나다에서 같이 살았다. 이후 그녀는 그가 어디서든 자기를 지켜주길 바란다며 함께 가자고 했다. 그래서 그녀가 러시아로 돌아가고 싶다고 했을 때 레옹은 그녀를 따라왔고, 두 사람은 블라디보스토크 서 커스단에 들어오게 되었다. 그는 기술자로 일하면서 무대감독도 병행했다. 두 사람은 결국 헤어졌지만, 그 는 서커스단에 남았다. 레옹이 안나를 알게 된 건 바로 그녀를 통해서였는데, 그녀와 안나가 상트페테르부르 크의 에르미타시 미술관에서 열린 갈라쇼에 함께 출 연한 인연이 있었기 때문이다. 그렇게 해서 안나는 레 옹 덕분에 안톤과 니노의 듀오 팀에 합류하게 되었다. 레옹은 세 사람의 공연을 성사시킨 것을 자랑스러워 했다.

레옹이 갑자기 목소리를 낮췄다. 난 그의 말을 알아 들으려고 몸을 숙여야 했다. 고개를 숙이자 그의 두 손 과 팔뚝의 핏줄이 그리는 푸른 선들이 보였다. 그가 변 명하듯 수줍은 미소를 지으며 말했다.

"당신과는 다르죠, 난 모든 걸 현장에서 배웠어 요……."

나는 목소리에 힘을 주어 대답했다. 학교에서 배우 는 교육이 반드시 더 나은 능력을 보장하는 건 아니지 않느냐고.

마지막 공연까지 사흘이 남았다. 나는 안톤과 니노의 개인 훈련을 보기로 했다. 계단식 객석에서 그들을 바라봤다. 근육 강화 운동, 유연성 운동. 니노는 등 구르기, 아랫배 들어 올리기, 다리 찢기를 했다. 안톤은 그보다는 덜 움직였다. 그는 운동선수 같은 체격이 아닌데도 힘이 엄청났다. 그가 바를 들고 있지 않을 때는 그 넘쳐나는 힘이 그의 등을 구부러뜨리고, 불편하게 만드는 건지도 모른다. 그는 두 손을 허리에 올리고 천천히 골반을 돌렸다. 준비 운동 끝. 비로소 두 사람이 바를 잡았다. 안나가 그들 사이에 섰다. 그녀가 모래주머니를 천장 위로 던진다. 두 사람은 쳐다보지 않은 상태에서 모래주머니를 받아내야 했다. 그다음엔 안나가 바 위에 의자를 올려놓더니, 의자 다리 두 개로 균형을 잡아주었다. 두 남자는 가능한 한 오랫동안 의자의 균형을 유지하면서 거의 몸을 움직이지 않았다. 가끔 레옹이 내게 다가와서 이 훈련의 중요성을 설명해주었다. 바를 잡은 사람들은 어떻게든 바 위에서 연기하는 곡예사가 안정성을 느끼게 해줘야 한다고. 그리고 곡예사는 절대로 스스로 균형을 잡으려 해선 안 된다고. "저 위에 있는 게 의자가 아니라 안나라고 상상해봐요.

안나도 의자처럼 자기 힘을 모두 빼고 바를 잡은 사람들에게 자신을 맡겨야 해요." 그것이 러시안 바의 기술 중에서 가장 어려운 것 중 하나라고 했다.

레옹이 계속해서 말했다.

"안나에겐 그 훈련이 특히 더 힘들었어요, 트램펄린을 하다가 왔으니까요. 트램펄린 선수들은 훨씬 넓은 착지 공간에 익숙한 데다가, 늘 자기 자신을 의지하거든요. 그런데 러시안 바에선 그보다 훨씬 더 높이 올라가야 할 뿐 아니라 겨우 몇 제곱센티미터의 좁은 면적 안에 착지해야 한단 말이죠. 나도 처음 볼 때 등에서 식은땀이 흐르더라고요. 바에서 무려 5미터 밖으로 튀어 나간 적도 있었어요. 안전벨트가 제대로 역할을 해줘서 그나마 다행이었지!"

문득 레옹이 이고르에 대해서 했던 말이 떠올랐다. 내가 전혀 알 길이 없는, 감히 물어볼 수도 없는 그 사고.

마지막 공연 날, 훈련이 끝나자 나는 러시안 바로 다가갔다. 바의 길이가 내 키의 거의 두 배 정도 되는 듯했다. 좁고 기다란 널판을 하얀 붕대로 싸맨 것처럼 보였다. 한가운데에 검은색 접착테이프로 표시가 되어 있었다. 그곳이 안나가 착지하는 지점이었다. 바를 살짝 만져봤다. 꺼끌꺼끌한 감촉. 약간 끈적거리는 느낌도 났다. 안나의 실내화가 계속 닿아서 쌓인 때. 니노가 옆으로 다가와서 말했다.

"이 바는 안톤이 만든 거예요. 세 개의 바를 이어서 만들죠. 운동경기에서 높이뛰기를 할 때 쓰는 장대 같은 거 생각하면 돼요."

"그럼, 공연하는 팀마다 자기 팀의 바를 직접 만드는 건가요?"

"물론이죠. 고려해야 할 게 아주 많거든요. 곡예사의 몸무게, 키, 기량 수준. 안나 자리에 한번 올라가봐요." 니노가 바 위에 놓인 모래주머니를 가리키며 말했다.

나는 말도 안 된다는 뜻으로 웃음을 터뜨렸다. 그러나 니노는 모래주머니를 내린 뒤 위치를 잡고 서서 안톤을 불렀다. 그리고 나를 다시 재촉했다.

"올라가봐요."

안톤도 손짓으로 나를 격려했다.

"Yes, try."

"다음에요." 내가 작은 목소리로 사양했다.

"오케이." 니노가 재미있어하면서 말했다.

"이 널판은 아주 무겁나요?"

그러자 그가 곧 내 어깨 위에 바를 올려놓았다. 바가 몸에 닿는 순간, 투박한 느낌이 전해졌다. 혼자 들어 올릴 수는 있어도 절대 오래 들고 있을 수 없는 가구 같았다.

"13킬로. 거기다 운반 가방 무게까지 합치면 25킬로. 안나가 공중으로 올라갔다가 떨어질 때의 무게 충격이 가해지면 150킬로."

"더 될 줄 알았어요."

그때 니노가 갑자기 바에 몸을 기댔다. 그 무게에 눌려 내가 비틀거렸다.

"Stay!" 그대로 있으라며 안톤이 외쳤다.

"아팠어요?" 니노가 바의 무게를 덜어주면서 내게 물었다.

나는 어깨를 문지르고서 고개를 흔들며 아니라고 거짓말을 했다.

마지막 퍼레이드가 끝났다. 문들이 열리고, 관객이 밖으로 쏟아져 나갔다. 레옹, 안톤, 니노 그리고 안나와 나는 뒤편 복도에 서서 그들이 밖으로 나가는 소리를 들었다. 울타리 뒤에서 태양이 서서히 바닷속으로 가라앉고 있었다. 안나가 선글라스를 썼다. 모든 게 아주 빠르게 진행되었다. 아티스트들은 공연 전에 이미 짐들을 싸둔 터라 공연이 끝나자마자 공항으로 가는 기차나 버스 혹은 배를 타기 위해 뛰었다. 요리사, 단장, 행정직원들 등 그곳을 채우고 있던 사람들도 모두 떠났다. 두 시간이 채 못 되어 우리만 남게 되었다. 가로등이 켜졌다. 날파리들이 붕붕거리며 날아다녔다. 철책 문 사이에 소다수 캔 하나가 끼어 있다. 이렇게들 떠나고 난 뒤 남겨진 텅 빈 공간. 이제 캠핑 트레일러가 더 많은 자리를 차지할 수 있게 되었다. 그때 비로소 난 트레일러에 바퀴가 없다는 걸 알았다. 지금에서야 눈에 들어온 것이다. 분명했다. 이빨 빠진 잇몸처럼 반원 모양의 물림 장치 밑에서 차축이 땅에 묻혀 있다. 그 차는 한 번도 자리를 이동해본 적이 없다고 레옹이 말해주었다. 차 주위에 문이 세워져 있다. 이 차를 밖으로 빼내려면 몽땅 해체해야 할 것이다.

호텔로 돌아가는데 마음이 왠지 편치가 않았다. 아까까지는 주변의 소란스러움이 나의 결핍을 가려주었던 것 같다. 그런데 이제 그 소란스러움이 사라진 것이다. 유리 돔 위로 별빛이 비쳤다. 포스터들은 이미 제거된 상태다. 거리에서 보니, 살굿빛 원형건물이 살갗 벗겨진 유방을 생각나게 했다. 방 하나에 불이 켜졌다. 안나의 방. 남자들의 방은 바다가 보이는 쪽에 있다. 실루엣으로 보건대, 안나가 옷을 벗고 커튼을 내리고 있는 것 같았다. 바람이 일었다. 달빛이 나를 쫓아온다. 나는 걸음을 재촉했다.

2

훈련이 다시 시작되었다. 전반부엔 위험한 묘기 없이 도약 연습만 했다. 안나가 몇 번 탐색하듯이 발을 놀려보다가 고갯짓으로 사인을 주고 도약하자, 바를 잡은 두 남자가 다리를 굽히고 바 쪽으로 몸을 숙였다. 안나가 착지하는 순간 바의 가운데가 쑤욱 휘어져 내려가는가 싶더니 순식간에 탄력을 받아 본래 상태로 돌아왔고, 안나는 두 팔을 아주 빠르게 돌리면서 균형을 잡았다. 난 무대 끝에 앉아 있었다. 그녀의 표정을 볼 수 있는 꽤 가까운 거리였다. 그녀는 뛰어오를 때마다 마치 깜짝 놀라기라도 한 것처럼 눈이 커졌다. 레옹이 옆에서 뭔가를 기록했다. 안톤과 니노는 잠시도 안나에게서 눈길을 떼지 않았다. 나는 니노에게 시선을 고정했다. 단단한 어깨와 가슴, 바를 꽉 잡고서 안톤을 향해 길게 뻗어내는 두 팔. 그들의 근육은 마치 한 몸처럼 동시에 수축하고 동시에 이완되었다. 두 사람의 호흡 소리가 들렸다. 특히 안나가 착지하는 순간 그들의 몸이 흔들릴 때 숨소리는 한층 더 거칠었다. 갑자기 그들이 훈련을 멈췄다. 그리고 러시아어로 서로 말하기 시작했다. 안톤이 뭔가 코치를 했다. 안톤이 니노에게 자세를 취해 보여주자, 니노는 두 손을 허리에 올리고 그의 말을 주의 깊게 들었다. 눈에 띄게 초조해 보였다. 다시 안나가 바 위로 올라섰다. 모두의 동작이 조화를 이뤘다. 붉은 벨벳으로 둘러싸여 있는 무대 중앙에서 트리오의 모습은 마치 횡격막처럼 보였다. 밖으로 내뱉으려다 다시 들이마시는 숨결이 폐를 꿈틀거리게 하듯 안나의 움직임에 따라 리듬을 타는 진동.

몇 번 도약을 해보던 그녀가 갑자기 스톱을 외쳤다. 그들은 바를 내려놓고 다시 한번 모였다. 안톤은 지난주 몸 비틀기 곡예사와 이야기할 때보다 더 크고 거센 말투로 안나에게 말했다. 안나 역시 근심 어린 표정을 지으며 똑같은 어조로 대답했다. 레옹이 해석해주었다. 오늘 훈련은 그만하고 싶다, 너무 피곤하다, 바가 너무 유연해서 원하는 동작을 할 수 없다, 충분히 높이 올라가서 3회전 할 시간을 가지려면 다리에 훨씬 더 많은 힘이 들어가야 한다, 며칠 전 다친 상처의 통증이 재발할까 봐 신경 쓰인다…… 안톤은 그녀가 통증에 대한 두려움 때문에 쓰지 말아야 할 근육을 과도하게 사용하고 있다면서, 목표에만 집중하고 다른 데 신경을 쓰지 않아야만 주저하고 머뭇거리는 일이 없을 거라고 강경하게 말했다.

결국, 그날 훈련은 거기서 끝났다.

나는 그들에게 의상을 만들기 위해 치수를 재야 하니 구내식당에서 만나자고 부탁했다. 방들이 충분히 밝지 않아서였다. 이곳에 도착한 후 처음으로 내가 주도권을 잡게 되었다. 샤워를 마친 안톤이 맨발에 실내화를 신고 나타났다. 떡 벌어진 어깨에 근육으로 뭉친 체격이다. 심지어 약간 안쪽으로 휜 발가락들마저 넓적했다. 나는 옷 위로 치수를 잰 다음 1센티 정도 줄여서 노트에 기록했다. 이어 니노가 도착했다. 그는 티셔츠와 바지를 벗고 팬티만 입은 채로 있다. 굳이 그럴 필요까진 없는데…… 안나와 달리 그는 단단한 근육에도 불구하고 생각보다 훨씬 홀쭉했다. 수년간의 훈련으로 인해 오른쪽 어깨는 마치 문신한 것처럼 보랏빛으로 변해 있었다. 그 무늬가 자동차 바퀴 자국을 연상케 했다. 착잡한 마음으로 두 팔을 둘러 그의 가슴둘레를 재려고 몸을 기울이는데 그가 그만 균형을 잃고 약간 비틀거릴 듯하다가 재빨리 한쪽 다리로 균형을 잡는다. 불편해하는 기색이 역력했다. 우린 각기 줄자의 한쪽 끝을 쥐고 그럭저럭 일을 끝냈다.

"미안해요." 니노가 웅얼거렸다.

내가 돌아서서 숫자를 적고 있는 동안 그는 등 뒤에서 나를 기다렸다.

"이제 옷 입어도 돼요……."

그가 서둘러 옷을 입다가 안나와 마주쳤다. 안나가 내게 날카로운 시선을 던졌다. 그녀는 몸에 착 달라붙는 타이츠 차림이었다. 푸른 정맥이 팔 위로 살짝 드러나 보였다. 하얀 팔. 나는 안나의 몸에 손을 대기가 어렵게 느껴져서 그녀더러 직접 치수를 재달라고 했다.

"연기하는 모습이 아주 감동적이었어요." 치수를 재고 있는 그녀를 보면서 내가 말했다.

"고마워요."

"공중에 떠 있을 땐, 바를 보고 있나요?"

"아주 짧은 시간이지만, 물론이죠. 조준을 해야 하니까."

"난 죽었다 깨어나도 그런 건 못 할 거 같아요."

그녀가 짧게 웃는다.

"솟구치는 힘은," 그녀가 줄자를 돌려주면서 말했다. "두 사람이 바에 주는 압력과 내 도약의 조화예요. 그들이 바를 많이 누르면 누를수록 난 높이 올라가요. 그들이 없으면 난 1미터도 못 올라가죠. 아마 바 위에서 뛰어오르지도 못 할 거예요."

안나가 떠나자마자 난 노트북을 켰다. 그때 그녀가 복도에서 다급한 목소리로 나를 불렀다. 달려 나가보니 전등이 모두 꺼져 있었다. 칠흑 같은 어둠. 그 층의 창문은 모두 방 안에 있었다.

"당신이 껐잖아!" 안나가 계단 밑에서 소리를 질렀다.

"난 아무것도 안 만졌어요." 내가 스위치를 올리며 말했다.

"층마다 전기 스위치가 하나밖에 없어요! 당신이 불을 끄면, 다시 켜기 위해 복도를 건너가야 한다고!"

다시 전기가 꺼졌다. 난 그녀에게 복도의 전등이 자동으로 꺼지고 켜진다는 걸 알려줬다. 그동안은 통행인이 많아서 미처 그 시스템을 몰랐을 것이다.

침묵.

딸깍, 문소리가 났다.

내가 공연장에서 나왔을 땐 이미 저녁 8시가 넘은 시각이었다. 니노가 캠핑 트레일러에 등을 기대고 서서 담배를 피우고 있었다. 형광색 신발, 타이트한 웃옷.

"담배 피워요?" 내가 놀라서 물었다.

"많이요. 우리랑 같이 저녁 먹고 가지 않을래요?"

난 일을 핑계 댄 후 손 인사를 하고는 시내 쪽으로 향했다. 그가 얼른 내 뒤를 따라왔다.

"이 시간엔 버스를 타야 할걸요."

"좀 걷고 싶어서요."

우린 언덕길을 올라갔다. 불이 켜진 창문은 몇 개 되지 않았다. 파카를 벗었다. 아직은 날씨도 좋고 시원한 정도지, 춥지 않다. 바다 냄새가 난다.

"첫 번째 훈련이 괜찮았나요?"

니노가 고개를 끄덕였다. 그러면서 이런저런 일이 많긴 하지만, 안나는 강한 여자라고 했다.

"제일 힘든 건, 신뢰예요. 신인 공중 곡예사와 일하게 되면 서로를 잘 이해하고 안전벨트를 제거하기까지 2년이 필요해요. 프로와 일할 때도 호흡이 척척 맞으려면 적어도 6개월은 필요하죠. 안톤과 나도 5년이란 시간이 걸렸는걸요. 걸핏하면 소리 지르곤 하던 게 멈추기까지요."

나는 왜 안나가 엘리트 스포츠 선수의 경력을 그만두고 서커스단에 들어왔는지 아느냐고 물었다. 니노의 말로는, 그녀가 너무 무리하게 힘을 썼다는 것이다. 그래서 한쪽 다리가 약하다고.

"스포츠계의 문제는 늘 기록을 깨야 한다는 거예요. 그러기 위해선 엄청나게 노력해야 하죠. 그에 비해 서커스 분야는 훨씬 유연성이 있어요. 기술력 외에도 연기 속에 스며든 서사라든지 청중의 반응, 의상도 평가에 들어가거든요." 그는 의상이라는 단어를 말할 때 내게 한쪽 눈을 찡긋했다. "그 모든 걸 다 고려하죠. 그리고 남녀 사이에 등급 차이가 없어요. 그런데 이고르는 모든 걸 갖추고 있었죠. 속도, 기술, 재능. 섬세함."

그러곤 갑자기 입을 다물었다. 이고르 이야기를 꺼낸 걸 후회하는 것처럼.

"모두가 불가능할 거라고 생각했어요." 니노가 다시 말을 이었다. "다른 사람도 아닌 안톤이 다른 멤버를 찾는다는 거요. 사고 기사를 접하게 되면 사람들은 그 사람의 명성이라든가 그런 건 깡그리 잊어버려요. 게다가 우린 이미 알려진 사람들이었죠."

난 말없이 고개를 끄덕였다. 니노는 내가 궁금해하는 걸 알아차리곤 곧바로 말을 이었다.

"훈련 중에 일어난 일이었어요. 수개월 전부터 몇 달째 연습하던 거였죠. 그래서 우린 준비가 되어 있었어요. 그런데 어느 순간, 우린 이고르가 피곤해한다는 걸 느꼈어요. 사실 우리 모두 피곤한 상태였죠. 그때 좀 쉬었어야 했어요. 자신이 어느 지점까지 괜찮을지를 아는 건 각자의 책임이거든요. 갑자기 쥐라도 나거나 하는 일이 있어선 안 되니까요. 이고르는 그걸 알고 있었어요. 그는 절대로 안전벨트에 의지하지 않았어요. 그것에 익숙해질까 봐 누구보다 빨리 안전벨트를 제거한 사람이었죠. 러시안 바에서는 연기자가 도약하고 싶지 않으면 속도를 줄이기 위해 무릎을 구부려요. 그리고 그만! 하고 외쳐야 해요. 그러면 안톤과 나는 바를 누르는 걸 멈추죠. 그게 신호거든요. 이고르도 외치긴 했어요. 그런데 천 분의 일 초쯤 늦게 외친 거예요. 우린 이미 그를 출발시킨 후였죠. 대체 무슨 일이 일어났던 건지 나도 몰라요. 그가 좀 옆쪽에서 도약했어요. 바를 잡는 자들은 연기자가 공중으로 오르는 순간, 그가 어디로 떨어질 건지 미리 알고 있어야 해요. 그래야 밑에서 그를 받을 준비를 할 수 있거든요. 연기자가 도약을 잘못해서 잘못 떨어질 수도 있어요. 그래도 바 위로만 떨어져준다면, 바가 반드시 그를 구해내진 못 해도 적어도 충격을 줄여줄 순 있어요. 그런데 이고르는 바에서 10미터나 떨어진 곳으로 내동댕이쳐진 거예요. 완전히 박살이 났죠."

"그래도…… 살아남았잖아요." 내가 말을 꺼냈다.

"그 후에 이고르는 공부를 했어요. 지금은 바이칼 호수 근처 자연보호구역 박물관에서 일하고 있죠."

"서커스를 중단하지 않으면 안 될 정도였나요?"

"척추에 인공보철을 했어요. 목을 잘 가누지 못하죠."

"그가 어떻게 지내고 있는지는 아세요?"

"안톤이 가끔 보러 가요. 안톤 말로는 잘 지낸다는데,

난 모르겠어요. 그 후로는 이고르를 보지 못했으니까."

니노가 갑자기 내 팔을 잡았다. 고양이에 발이 걸려서 넘어질 뻔한 것이다. 서커스단에 있던 바짝 마른 분홍빛 피부의 고양이를 금방 알아볼 수 있었다. 고양이가 내 다리에 몸을 비볐다. 니노는 녀석을 안아 올리면서 레옹이 고양이를 방 안에 가둬두고 길러야 한다고 말했다.

"레옹의 고양이예요?"

"네. 설마 이 녀석을 벌써 쓰다듬어주거나 한 건 아니죠? 만일 그랬다면, 녀석이 죽는 날까지 당신을 졸졸 따라다닐 거예요."

우린 다시 걸었다.

"두렵지 않아요?" 잠시 후에 내가 물었다.

"항상 두려워요." 니노가 대답했다. "연기자가 도약할 때마다 두려운걸요. 아픈 게 두렵고. 안나를 다치게 할까 봐 두렵고. 관객도 두려워요. 난 겁이 나요. 하지만 그것도 좋은 거라고 생각해요. 모든 것에 대해 좀 더 책임 의식을 가질 수 있으니까요. 그만큼 실수도 덜하게 되죠."

니노가 자세를 바꿔서 고양이를 안았다.

"울란우데에서 좋은 일이 있길 바라고 있어요. 경제적으로도 몇 년 동안 이렇게 순회공연만 할 순 없으니까요."

"예상만큼 일이 잘 안 풀리면 어떻게 할 건데요?"

"여느 때와 같겠죠, 뭐. 다음 해 경연을 위해 훈련을 계속하면서 서커스단에 들어가려고 애쓰겠죠. 그런데 그게 뜻대로 안 되면, 그다음은 나도 모르겠어요. 부모님은 내가 우리 가족 서커스단을 맡아주길 바라실 거예요."

"그럴 생각, 있어요?"

니노는 길게 한숨을 쉬더니 말을 이었다. 그의 가족은 3대째 서커스단을 운영해오고 있고, 그는 외아들이다. 그가 그 일을 맡지 않으면 가업은 중단될 것이다. 하지만 지금 같은 시대에 서커스단을 운영한다는 건 여간 힘든 일이 아니다. 때로 서커스를 배우려는 사람들이 있긴 하다, 특히 서커스 학교에서. 하지만 토지 임대비용은 계속해서 오르고 있다. 베를린, 쾰른은 터무니없이 비싸고 제네바와 취리히야 더 말할 것도 없다. 몇 제곱미터 면적이라도 줄이기 위해 카라반들조차 다닥다닥 붙어 있어야 할 형편이다. 그렇게 말하고

서 그는 자기 아버지가 바짝바짝 붙여 주차하는 데는 세계 챔피언이라며 웃었다. 그의 부모님이 운영하는 서커스단은 3년 전 파산했는데 기부금 덕분에 새 출발을 할 수 있었다. 그러나 예전 같진 않아서 지금은 서커스 외에도 결혼식이나 은행 리셉션 등 사적인 행사를 위해 서커스 천막을 임대해주는 것으로 버티고 있다고 했다.

"난 우리 아버지가 자동차 전시회에서 공연하는 것도 싫고, 아무도 관심을 보이지 않아서 도중에 공연을 끝내는 것도 보고 싶지 않아요. 내가 어렸을 땐 사람들이 자기 마을에 서커스단이 오는 걸 손꼽아 기다리곤 했었죠. 크리스마스 때만 빼고요. 하지만 지금은 서커스 하는 사람들을 잘 봐줘봤자, 어릿광대나 장터에서 사람들 불러모으는 장사치 정도로 취급해요."

나는 아무 말도 하지 못했다. 어떤 면에선 그의 말이 옳다. 나 자신도 서커스단의 기예를 기반 없는 예술이라고 여겨서 연극이나 무용보다 열등하게 생각해왔다는 걸 인정하지 않을 수 없다.

"가끔 안톤에게 질릴 땐 가족이 보고 싶어요. 엄마가 만들어주는 고구마튀김이랑 공연 후에 맛보는 아페

리티프(식전 술)도 생각나고요. 모두 한데 모여 북적거리면서 사는 복잡함까지 그립죠. 하지만 금세 또 한편으론 다시 떠날 구실이 있어서 천만다행이라는 생각도 해요. 트리오와 함께하는 건, 그런 것과 달라요. 전혀 다른 차원이거든요. 그런데 참 이상하죠, 바캉스를 보내러 집에 가면 하루만 지나도 어김없이 힘줄에 염증이 생기거나 허리 통증이 느껴진단 말이에요! 게다가 난 곧 서른 살이에요. 참, 이건 진심으로 하는 말인데요, 혹시 필요하면 카라반을 쓰세요. 우리가 모르는 사람이랑 같이 써도 돼요, 한동안은 괜찮아요. 허락 같은 거 구할 필요 없이 편하게 남자도 데리고 오고 하세요, 그랬으면 좋겠어요."

생각지도 못 한 말에 깜짝 놀라 잠시 당황했다. 난 그들을 매일 보는 것만으로도 이미 복잡한 삶을 살고 있는 거고, 내겐 그런 삶이 익숙하지 않다고 말했다. 어렸을 때 아버지와 함께 살았던 시절을 제외하고 나는 줄곧 원룸에서 혼자 살았다. 심지어 기숙사에서도 각방을 썼었다.

"약혼자를 세상 끝에 남겨두고 와서……." 그가 말했다.

"우린 그런 사이가 아니에요."

"내가 아는 이탈리아 남자 하나는 만나는 여자마다, 심지어 한 번 만났을 뿐인 여자한테도 약혼자라고 부르더라고요." 그는 당혹스러워하는 나를 쳐다보면서, 자기가 보기엔 내가 블라디보스토크까지 도망쳐 온 것 같다고 했다.

"여기 오기 전에 난 이미 그와 헤어졌어요."

우린 보도 공사가 진행 중인 구역을 지나고 있었다. 나는 보도에 난 구멍들을 피해 그의 뒤를 따라가며 말했다.

"있잖아요, 학교에선 스스로의 선택이나 의지와 상관없이 서로를 만나게 돼요. 불가피한 상황이라는 게 관계를 만들어가죠, 하지만……."

"그건 어디서나 비슷하군요." 니노가 말했다.

"아마 그럴 거예요. 어쨌든 내가 여기 온 건 그 친구와는 아무 상관이 없어요."

나는 곰곰이 생각하며 말했다.

"이상해요. 지금까지 직업상의 일 때문에 걱정하거나 불안해본 적이 없었거든요. 이번에 브르타뉴 국립극단에 들어가게 됐는데 내년 1월에 일을 시작해요. 미술감독을 돕는 일이죠. 그때까지 안식 기간을 가질 수도 있었어요. 아마 내겐 그런 휴식이 필요했을 거예요. 난 무대를 좋아해요. 더 정확히는, 사람들이 내가 만든 의상을 입고 있는 걸 보는 게 좋은 거죠. 하지만 모르겠어요. 좀 피곤하게 느껴져요. 5년 동안 너무 정신적인 관점에 따른 업무들만 처리해왔기 때문일 거예요. 뭔가 다른 일이 필요했어요. 다른 관점의 무대에서 다른 방식으로 일해보는 거요."

"너무 깊이 생각하지 않고 일하는 거." 니노가 결론짓듯 말했다.

내가 반박하자 그가 차분히 말했다.

"그게 나쁘다고 생각하지 않아요. 사람의 신체 자체가 고유한 지능을 갖고 있거든요."

어느덧 호텔 앞에 도착했다. 레스토랑 입구를 장식하고 있는 호화로운 사륜마차 안에서 한 커플이 사진을 찍고 있었다. 밑부분이 족쇄로 채워져 있는 발판 위에서 여자는 불편한 자세를 취하느라 애를 썼다. 넓적다리가 창살 바닥에 눌려 마치 석쇠에 구운 고기처럼 창살 무늬가 새겨진 게 보였다. 니노가 놀리듯이 내게 물었다. 그래서 일주일 전에 이곳으로 숨어들어온 거냐고. 나는 계속 변명하면서 여기 온 것에 대해 진심으로 만족한다고 말했다. 그들을 위해 일하게 된 것도 기쁘고, 그들을 보러 온 관객들이 꿈과 낭만을 갖고 돌아가는 일에 작게나마 도움이 될 수 있어서 행복하게 생각한다고……

"정말 그렇게 생각해요?" 니노가 내 말을 가로막았다.

그의 어조는 진지했다.

"난 말이죠, 관객이 오는 건 그저 서커스가 아직도 제대로 실행되고 있는지 확인하기 위해서라고 생각해요. 우리가 어디까지 버티는지 보려는 거죠. 사람들은 꿈을 원하지만, 솔직히 그들이 바라는 건 흠을 찾는 거예요. 다른 사람들에게서 단점이나 결함 같은 걸 발견할 때, 오히려 자신은 안심하게 되거든요."

차츰 빛이 사라지면서 어둠이 그의 얼굴을 가렸다. 고양이는 그의 팔에서 잠이 들었다. 누가 보면 죽은 줄로 오해할 수도 있을 것이다. 나는 니노에게 함께 와줘서 고맙다고 인사했다. 그리고 매일 이러는 건 좀 부담스럽다는 말도 잊지 않았다.

"그러지 말고 공연장 숙소로 오세요. 방들은 좀 후지지만 카라반 안은 제법 괜찮아요. 내부 정리만 좀 하면

편안히 지낼 수 있을 거예요. 당신이 머물 공간을 만들어줄게요."

그곳을 머릿속에 그려보자 내가 다 드러나는 느낌이 들어 거북스러웠다. 아마도 그의 말이 맞을 것이다. 내가 호텔에 있는 건 불합리하다. 하지만 안나의 이미지가 스쳐 지나갔다. 나는 생각해보겠다고만 말했다.

다음 날 아침 공연장에 도착해보니, 니노는 카라반에서 의자를 꺼내고 있고 레옹은 통 속의 더러워진 물로 걸레를 빨아서 카라반의 유리창을 닦는 중이었다. 레옹이 말하기를, 그들은 전기를 연결할 수 없었고 수돗물도 쓸 수 없다고 했다. 그러자 니노가 명랑한 어조로 덧붙여 말했다.

"안나와 함께 여자 탈의실을 쓰는 수밖에 없겠어요. 그리고 밥은 구내식당에서 우리와 함께 먹죠. 아마 호텔에 있을 때보다 여기가 더 나을 거예요. 우리가 훈련할 때는 당신이 여기 있을 필요 없으니까, 그동안 호텔에서 짐을 챙겨가지고 와서 카라반 안에다 정리하는 게 좋겠어요."

안나가 공연장 건물 안에서 나와 우리에게 다가왔

다. 손에 커피 한 잔이 들려 있다. 그녀가 애매한 어조로 내게 한마디 던졌다.

"저 남자들, 저 일 하느라 밤새 잠도 안 잤어요."

카라반은 그야말로 작은 집 한 채였다. 갈색 커튼에, 오리 문양이 있는 노란 벽. 작지만 꽤 기능적인 집. 나는 작은 테이블을 펴서 위에는 미니 재봉틀을, 밑엔 신발을 놓았다. 화장실 문에다가는 작업복과 외투를 걸고 나머지는 모두 개켜서 속옷들과 함께 개수대 안에 넣은 다음 재봉 도구들은 전자레인지 위에 올려놓았다. 그렇게 정리를 끝내고 침대 위에 앉았다. 침대는 아주 좁았고, 시트는 들것처럼 각 모퉁이를 고무줄로 당겨놓았다. 여기선 둘이 지낼 수 없겠는걸…… 그러다 얼른 그 생각을 쫓아냈다. 몸을 일으키니 누웠던 흔적이 남지 않았다. 커튼을 열어젖히고 마당에 쌓여 있는 잡동사니들을 보았다. 어제까지만 해도 카라반을 가득 채우고 있었을 물건들이다. 남자들의 수고가 감동을 주었다. 그제야 그들에게 고맙다고 인사하는 걸 깜빡했다는 생각이 들었다.

공연장 건물의 2층 탈의실은 옛날 야외 풀장의 그것을 생각나게 했다. 다 드러난 벽돌, 금속의 수납장, 커다란 거울과 그 아래 두 개의 세면대가 있는 욕실 선반. 샤워실은 칸막이로 분리되어 있었는데, 젖은 타일 바닥에 끌려 노랗게 변색한 커튼들이 각각의 샤워장을 구분해주고 있었다. 타일과 타일 사이에 물이끼들이 자라고 있었다. 손으로 문질러보자, 금방 사라졌다.

내가 무대에 도착했을 때는 이미 훈련이 끝난 뒤였다. 채찍과 도구들을 정리하느라 분주한 레옹밖에 보이지 않았다. 그는 도구들에 결함이 없는지 살펴보고 있었다. 다음 날 사용할 도구들이다. 연습은 전날보다 훨씬 잘 되었지만, 문제는 시간이다. 나는 아티스트들이 등장하는 통로 너머의 연단을 바라보았다. 콘트라베이스만 남아 있었다. 그 콘트라베이스가 서커스단 소유라고 레옹이 설명해주었다. 전문 콘트라베이스 주자는 사례비가 너무 비싸서 고용할 수 없다고. 단장은 실력이 좋은 아마추어를 임시 고용하기 위해 악기를 샀고, 매번 새 공연을 시작할 때마다 아마추어 연주가를 고용했다.

레옹에게 의상에 관한 내 아이디어를 말해주었다. 나는 캣츠에서 영감을 얻어 안나를 표범으로 분장시킬 생각이다. 독창적일 건 없지만 무엇보다 실용적인 면을 생각하고 있다. 합성섬유인 라이크라 위에 얇은 벨벳을 덧대고, 벨트에 꼬리를 달고, 귀는 헤어밴드에 만들어 붙이고, 머리는 뒤로 바짝 넘길 계획이었다. 표범 문양이 너무 튈 것 같아서 안나를 검은 표범으로 만들기로 했다. 아무래도 화장을 무척 공들여야 할 것이다. 그래서 나도 화장을 연습할 생각이다. 두 남자에 대해선 아직 확신이 서지 않는다. 시베리아와 시베리아의 숲을 상징하는, 강하고 단단한 느낌의 무언가를 구상 중이다. 끈끈한 동료애와 자작나무를 연상케 하는 것. 예를 들어 짙은 천으로 만든 군복 상의. 사람들이 바라보는 건 그들의 몸이 아니라, 안나가 연기하는 널판이다. 그래서 난 의복보다는 그들의 머리에 집중할 생각이다. 그들의 머리는 바의 연장선이니까. 그래, 나뭇가지. 모자에 나뭇가지를 붙이는 거다. 레옹이 내 아이디어를 듣고 격려해줬다. 아직 안무를 만들지 않았지만 내 아이디어를 염두에 두겠노라고 했다. 안심이 된 나는 가벼운 흥분마저 느끼며 내가 어떻게 안나에게서 여왕 같은 당당함을 느꼈는지 이야기하고, 나무들과 표변하는 표범의 위엄에 관해서도 이야기했다. 기본 재료들을 사용해서 이런 느낌들을 표현할 수 있을 것이다. 안 그래도 군인용품 가게를 눈여겨봐두었다. 가격은 아마 그리 비싸지 않을 것이다, 레옹은 내가 상점에 갈 때 같이 따라가주겠다고 했다.

"지금요?" 내가 물었다.

"지금은 문을 닫았을 것 같은데……."

레옹이 전화를 해보고 문이 닫혔음을 확인했다. 우린 다음 주 초쯤 그곳에 가보기로 했다.

"지금은 뭘 할 거예요?" 레옹이 물었다.

뜬금없는 말에 나는 생각할 겨를도 없이 저녁때 먹을 음식을 만들자고 제안했다. 레옹이 내 의견에 몹시 기뻐했다, 오늘은 그가 요리할 차례였기 때문이다. 그는 식사 준비를 하기 전에 좀 걷고 오겠다고 했다. 나더러 함께 가자는 말은 하지 않았다.

시내를 이리저리 쏘다니며 오후를 보냈다. 마음을 못 정하고 여기저기 식료품점을 기웃거렸다. 벨기에에서 나는 아주 간단한 샐러드나 버터 바른 빵 조각을

먹고 지냈다. 토마하고는 거의 부부처럼 살았다. 둘이
서 함께 요리하는 일도 있었지만 토마는 자기가 도맡
아 하는 걸 좋아했다. 그는 훌륭한 요리사다. 내가 한
번도 들어본 적 없는 재료들을 사오곤 했고, 브뤼셀에
서 선갈퀴 나물이나 수막 열매를 구할 수 있다는 데 대
해 행복해했다. 토마가 열매와 씨앗, 덩이줄기, 뿌리줄
기, 구근, 구경 등의 차이를 설명해줄 때 잘 들어뒀어
야 했는데…… 나는 쌀과 양파를 샀다. 리조토를 만들
생각이다. 커다란 훈제 연어도 추가했다. 얼마가 나올
지 계산해보지도 않고서. 다음엔 좀 주의해야겠다고
생각했다.

그날 저녁, 레옹이 대형 스크린으로 내 영상을 보면서 나의 카라반 입주를 축하하자고 제안했다. 마침 카라반을 정리하다가 영사기를 발견했던 것이다. 안나와 내가 의자들을 반원형으로 배치하는 동안 니노는 레옹을 도와 구내식당 안에다 검은 막을 걸었다. 고양이가 영사기 앞으로 지나갔다. 그러자 어마어마한 고양이 그림자가 스크린을 가렸다. 안톤이 짜증을 냈다. 레옹이 얼른 고양이를 무릎에 앉혔다. 배우가 조종실에서 버튼을 눌러 잠수함에 물을 분사하는 장면이 나왔다. 과장된 폭발음. 카메라가 배우의 얼굴에 고정되었다. 영화는 롱테이크 기법으로 만들어졌다. 저렇게 긴 장면들이었던가…… 지금은 기억이 나지 않는다. 잠수부들은 창고 안에서 돌아다녔다. 셀로판지 속에 푹

싸인 그들은 둔하고 느린 동작으로 움직여 마치 무중력 상태에 있는 것처럼 연기했고, 팽창과 수축을 반복하는 셀로판지가 마치 납을 씌운 메두사처럼 보였다.

"토마는 공상과학 소설 속의 전쟁을 통해 세상을 풍자하는 영화를 만들고 싶어 했어요."

레옹은 풍자적인 요소가 너무 많은 것 같다고 했다. 나도 인정했다. 어쨌든 영화는 성공적이었다. 영화 페스티벌에서 성공한 작품이라는 점도 밝혀두었다. 상대적이긴 하지만. 이런 유형의 영화를 평가하려면 어느 정도의 지식이 필요하다.

"어떤 지식?" 안나가 물었다.

난 그들을 염두에 두고 한 말이 아니라고 황급히 말했다. 그러면서 어떤 이해력을 말하는 게 아니라 특정 분야에 대한 지식을 말하는 거라고, 이건 그냥 또 다른 분야일 뿐이라고 덧붙였다. 이를테면 내게 있어서 서커스 같은 게 그러한데, 서커스는 내가 잘 모르는 분야라고 설명했다. 난 서커스를 본 적이 별로 없고 여덟 살인가 아홉 살 때 학교에서 단체 관람할 때 처음 가보았다. 물론 지금은 그때와 비교해서 서커스에 대한 관점이 많이 변했는데 특히 그들과 함께 있는 요 며칠 동안 그 점을 분명히 알게 되었다. 지금 생각해보면 내가 어릴 때 봤던 건 진짜 서커스가 아니라 그냥 호기심 전시실 같은 것에 불과했다. 옛날 영화에 나오는 것처럼 하마 같은 진귀한 동물이나 기형적인 사람들을 보여주는 그런 곳…….

나는 얘기를 하다가 갑자기 입을 다물었다. 당황하여 오히려 말을 너무 많이 했다는 생각이 들었기 때문이다.

"맞아, 1세기 전엔 그런 게 유행했었어." 안나가 말했다. "미국에선 그랬지."

촬영 영상 위로 자막이 올라가고 있었다. 토마와 함께 붉은 카펫 위에 서 있는 내 모습이 비쳤다. 토마가 내 허리를 감고 있었다. 내 이름이 나오자 그들은 손뼉을 쳤다. 나는 두 손으로 얼굴을 가렸다.

"혹시 우리가 훈련하는 거, 촬영해줄 수 있어요?" 니노가 물었다. "보통은 카메라를 고정해놓고 촬영하는데, 우리 움직임에 따라 좀 더 근거리에서 찍어줄 수 있다면……."

난 잠시 망설이다가 촬영 도구도 없는 데다, 더구나 난 감독이 아니라고 말했다.

"알아요." 안나가 말했다.

"휴대전화, 그걸로 충분해요." 레옹이 거들었다. "아름답게 찍을 필요 없어요. 우리가 영상을 보면서 교정할 수 있게 동작만 알아볼 수 있으면 돼요. 난 안나의 동작을 살펴야 해서 촬영을 할 수 없거든요."

난 결국 수락했다.

"아버지가 딸을 무척 자랑스러워하시겠어요." 니노가 창가에서 담배를 피우며 말했다.

"글쎄요, 우리 영화가 공개 상영 중일 때 아버지는 발동기용 연료 없이 비행기를 띄우는 실험을 하고 계셨어요."

"결과는 어떻게 됐어요?"

"100미터쯤 날다가 곤두박질쳐서 박살이 났죠."

"아버지께서 정확하게 무슨 일을 하시는데요?" 레옹이 물었다.

그가 아버지 일에 관심을 보이는 게 불편했다. 나는 좀처럼 아버지 이야기를 하지 않는다. 아버지의 연구 활동에 관해 생각하지 않은 지도 이미 오래다. 아버지는 물리학자이고, 양이온을 이용하여 추력을 얻는 이온 엔진 전문가이다. 난 하는 수 없이 그 어려운 설명을 시도해보기로 했다. 분극, 전류, 에너지…… 되도록 이해하기 쉬운 정확한 표현을 찾으려고 애썼다. 우선 극히 미세한 것들에 끌리는 아버지의 특별한 취향과, 우주처럼 무한한 것을 연구하는 NASA와의 협력에 관해 이야기했다. 어렸을 때, 아버지가 내게 추진 장치의 원리를 이해시키려고 작은 젤리 사탕들을 공중으로 던져서 받아먹게 했던 이야기도 했다. 그때 아버지는 설탕이 인간의 입을 끌어당기는 거라고 했었다. 이온들이 서로 끌어당기거나 밀어내면서 전류를 만들어내는데 아버지의 연구소에서는 물체가 너무 무겁지 않은 한도 내에서, 그 원리를 이용한 시험 비행을 하는 중이다. 나사와 협력해서 하는 연구예요, 난 같은 말을 되풀이하기 시작했다. 우리 아버지는 매사추세츠 공대 기술 연구소에서 일하고 있다, 나사와 협력해서 하는 일이다, 궤도를 도는 인공위성에 관한 연구다…… 우주 공간과 생태학에 관해서, 또 추진력과 중력에 관해서 이야기했다. 그러니까 요약하자면, 아버지가 하는 일은 발동기용 연료 없이도 물체를 비행할 수 있게 하는 공기 물질에 관한 연구라고 대략 말을 맺었다.

"러시아에선 똑똑한 사람들이 모여 머리만 맞대면

기차 한 대쯤 움직이는 건 일도 아니야." 안톤이 정확한 영어를 구사하며 힘있게 말했다.

다른 이들은 담담한 반응이었다. 난 조심스럽게 결론을 내렸다.

"미시적 차원에서도 모든 게 진보하고 있어요. 하지만 아직은 발전해야 할 부분이 엄청나게 많죠. 아무튼, 여객기 같은 것과는 전혀 다른 거예요."

"어떻게 눈으로 결과를 볼 수 없는 그런 연구를 할 수 있죠?" 안나가 물었다.

"간단해요." 내가 말했다. "난 할 수 없지만."

나는 검은 스크린에서 눈을 떼고 돔 너머로 펼쳐진 밤하늘을 바라봤다.

"더는 존재하지 않는 것을 저 위에선 계속 볼 수 있다는 거예요. 우리 눈에 보이는 별빛이 실은 이미 오래전에 죽은 별일 수도 있다잖아요."

그러곤 관련도 없는 말을 빠르게 계속 이어갔다.

"시카고에 있을 땐데, 바람이 불어서 모자가 날아가는 통에 아버지가 모자를 잡기 위해 뛰어야 했었죠. 또 한번은 아버지 차가 버스 때문에 전복될 뻔한 일이 있었어요. 그때 마침 내가 차 안에서 옷단에다 장식 단추를 꿰매고 있었는데, 아버지는 우리 모녀가 무사했다는 게 너무 기뻐서 기념으로 그날 재봉틀을 선물해주셨어요. 얼마나 튼튼한지 몰라요, 이번에도 그걸 갖고 왔어요, 여기까지 말이죠. 지금 카라반 안에 있어요. 아, 참! 고마워요. 고맙다는 인사를 이제야 하네요."

난 또다시 말을 중단했다, 횡설수설한 나 자신이 당황스러워서.

"밥 먹을까요?" 안나가 말했다.

리소토가 식어서 딱딱해졌다. 레옹이 물을 더 넣고 데우자고 했다. 하지만 한번 식은 리조토는 데울 수 없다면서 니노가 반대했다. 안톤은 사발을 거푸집 삼아 그 안에 밥을 담은 뒤 접시 위에 엎어서 푸딩 같은 모양을 만들어냈다. 그러고 보니 리소토의 양이 너무 많았다. 쌀을 1인당 200그램씩 계산했는데. 안톤이 괜찮다고, 좋다고 말하면서 니노와 자기는 땅을 단단히 딛고 서 있어야 하기에 이 정도는 먹어줘야 하는 게 맞지만, 공중으로 뛰어올라야 하는 안나는 많이 먹으면 안된다고 농담을 했다. 그러자 안나가 그의 어깨를 한 대 치는 시늉을 했다. 소금이 좀 부족한 것 같다고 내가 걱정했더니 안나가 완벽하다고 말하며 유럽에선 사람들이 너무 짜게 먹는 것 같다고 했다.

"맛있어요." 레옹이 말했다.

나는 그들이 식사하는 모습을 바라보면서, 안나가 러시아를 유럽에 포함시키지 않는다는 걸 알았다. 그러고 보니 나 역시 이 나라를 때론 유럽 국가로, 때론 아시아 국가로 여기고 있음을 깨닫게 되었다. 이제 그들 앞에서 러시아를 유럽이라고 해야 할지, 아시아라고 해야 할지 모르겠다. 바다로만 국경선을 정한다면 모든 게 훨씬 단순해질 텐데.

그들은 영화에 관해 이야기하기 시작했다. 우리 모두가 공통으로 기준 삼을 만한 영화는 거의 없었다. 나는 줄곧 듣기만 했다. 레옹이 형광등을 끄고 스탠드를 켰다. 니노는 내게 러시아 유머를 통역해주려고 애썼다. 그렇게 저녁 식사 시간이 마무리되었다. 난 피곤하긴 했지만 접시가 모두 깨끗이 비워졌다는 데 안도했다.

아버지께,

아파트는 뮈즈 가에 있어요. 방 두 개에 거실, 주방, 그리고 지하실과 다락방이 있어요. 아주 커요. 빛도 아주 잘 들어오고요. 아버지의 손자도 드디어 자기 방을 갖게 되었어요. 우리가 이곳으로 이사 온 지 오늘이 이틀째예요. 지금 여기가 얼마나 난장판인지, 보시면 아마 깜짝 놀랄 거예요. 여태 이사 같은 걸 해본 적이 없어서 어떻게 할 줄 몰라 상자도 없이 모든 걸 다 가방에 쓸어 담아왔어요. 쇼핑백이랑 여행 가방 안요. 가방이란 가방은 다 동원했죠. 지금 그 가방들은 앞으로의 용도에 따라 각 방에 배치되어 있어요. 우리 집은 5층이에요. 바깥 소음은 안 들려요. 토마는 벌써 가구들을 올려놓았어요. 하지만 아직 집 안에 물건이 많지 않아서 발소리가 너무 크게 울려요.

습관 같은 일상이 자리 잡기 시작했다. 훈련은 오전이 끝날 무렵 시작해서 오후가 시작될 즈음 끝난다. 처음엔 주로 연속 도약 훈련을 했는데, 도약할 때마다 나는 그 차이를 구분하기가 힘들었다. 도약 훈련이 끝나면 트리오는 러시아어로 서로 긴 대화를 주고받은 다음 다시 바를 집어 들었다. 두 번에 걸친 이 훈련을 지켜보고 있자니 좀 지루해졌다. 굳이 참석하지 않아도 된다고 그들이 몇 번이나 말했던 터라 나는 잠깐 얼굴만 내밀었다가 공연장을 나왔다. 그리고 구내식당으로 가서 작업 계획을 세웠다.

우린 일상 시간표를 짰다. 복도, 구내식당, 탈의실 같은 공동 공간은 순번을 정해서 청소기를 돌리기로 했다. 식사 준비도 마찬가지로, 각자 일주일 중 하루씩 책임지기로 했다. 그러나 식사 당번 계획은 제대로 실행되지 못했는데, 니노가 혼자 너무 자주 했기 때문이다. 나 역시, 일주일에 몇 번씩이나 담당했다. 안톤은 주로 남은 재료들을 사용해서 맛있는 수프를 만든다. 유감스러운 점이 하나 있다면, 안톤이 우리가 먹고 난 크림 수프 그릇을 쌓아놓으면 안나가 나중에 와서 씻지도 않은 그릇에 그대로 남은 수프를 담아 먹는다는 것이다. 안나는 요리하지 않는 대신, 설거지를 도맡았다. 그녀는 언제나 설거지통에 그릇이 가득 차길 기다렸다가 한꺼번에 하곤 한다. 식당엔 식기들이 얼마든지 있어서, 일주일 동안 설거짓거리를 모아둬도 상관없긴 하다. 안나는 설거짓감에서 냄새가 심하게 날 때가 되어서야 설거지를 한다. 그녀가 컨베이어 벨트를 작동시키면 그동안 쌓여 있던 접시들이 천천히 줄을 서기 시작한다. 그 접시들을 보면 우리 팀원들 수가 족히 100명은 되는 것처럼 여겨질 정도다. 안나는 물이 튀는 걸 막으려고 설치한 고무 커튼 밑으로 접시들이 사라지는 걸 보며 즐거워했다. 나는 안나를 대신해서 설거지하는 걸 삼갔다. 혹여라도 내가 자기를 과소 평가한다고 생각하게 만들고 싶지 않아서다.

저녁 시간은 구내식당에서 보냈다. 낮의 열기가 남아 있는 데다가, 인터넷 연결이 가장 잘 되기 때문이다. 안톤은 오두막 같은 자기 방으로 돌아가 조각을 한다. 조류 시리즈를 잇는 동물 시리즈. 그는 현실감 같은 건 별로 신경 쓰지 않았는데 담비가 사슴보다 훨씬 컸고, 사슴은 늑대보다 훨씬 무섭게 생겼다. 니노와 안나는 식당에서 노트북으로 러시아어 더빙 영화들을 본다. 각자 자기 방에서 가져온 이불로 둥지를 만들고 그 안에 자리 잡았다. 별생각 없이 어떤 영화냐고 물었을 뿐인데 니노가 날 위해 영어 자막을 찾느라 몇 시간을 보낸 일이 있었던 이후로 나는 그들이 보는 영화에 관심을 드러내지 않도록 신경 썼다. 나는 러시아 역사에 관한 방송들을 다운로드받아서 시청했는데 수도사 같은 전문가들의 어조가 졸음을 유발했다. SNS에서 토마의 프로필을 찾아보는 건 자제했다. 레옹은 책을 많이 읽는다. 내가 책을 좀 빌려달라고 부탁했더니 그가 잭 런던의 책을 모두 빌려주었다. 가끔 우리 네 사람은 늦게까지 토론을 했는데 주로 스포츠에 관해서다. 그들은 영어로 시작했다가 러시아어로 넘어가기 일쑤였다. 레옹은 그 점이 신경 쓰이는지, 내가 대화에 잘 끼어들지 못한다고 걱정했다. 난 조금도 거북하거나 불편하지 않다고 말했다. 비록 이해하진 못 해도 나는 그들의 대화를 듣고 있는 게 좋았다. 어쩌다 내가 대화에 끼어들면 그들은 하던 얘기를 중단하고 내 말에 귀 기울여주었다. 그러곤 그리 급할 것도 없으련만, 내가 일화 같은 걸 찾느라 잠시 머뭇거릴라치면 그새 다른 이야기로 넘어가곤 했다. 그렇게 해서 밤 모임이 끝나면 그들은 이어폰을 귀에 꽂고 음악을 들으며 각자 방으로 돌아간다. 그래서 나도 이어폰을 꽂지만, 음악은 없다. 내면의 소리에 집중한 채 나는 그곳에 남아 있다. 그들과 함께 있는 기분이다.

군인용품 가게는 중심가에 있었다. 레옹과 나는 먼저 세일러복 상의와 모자, 자석, 모기 퇴치용 스프레이 등을 파는 진열대를 살펴봤다. 두 번째 홀에는 무기와 관련된 장비들이 정리되어 있었다. 내가 찾는 건 옷이다. 옷감들이 모두 무거워서 옷걸이에 걸려 있는 옷들을 빼내려면 있는 힘을 다해 잡아당겨야 했다. 나는 마직 상의와 운동모와 철모, 남성용 검은 바지들을 골랐다. 그런 다음 그 옷들을 어깨에 걸치고서 안나가 착용할 벨트를 허리에 둘러보았다. 약간 마른 편인 나는 허리가 안나만큼 잘록하지 않다. 그녀에겐 완벽하게 어울릴 것 같았다. 레옹이 계산대에 애견용 사료 한 봉지를 올려놓는다. 내가 빤히 바라보자 그는 벅이 뭐든 잘먹는다고 말했다.

가게를 나오면서 나는 안톤과 니노의 모자에 장식할 나뭇가지가 필요하다고 말했다. 그러자 레옹이 루스키섬을 한 바퀴 돌자고 했다. 우린 버스를 타고 다리를 건너 강가의 숲 근처에서 내렸다. 그곳은 더 추웠다. 바위들 뒤로 강변을 따라 세워진 요새와 일본 쪽으로 향한 포구들이 감춰져 있었다. 그곳에서 바라보는 도시는 훨씬 더 구획이 잘 되어 있고, 다리도 생각보다 훨씬 거대했다. 서커스 공연장과 슈가씨 공장이 보였다. 레옹이 섬의 끝을 가리키며 말했다.

"저기가 새로운 대학 캠퍼스예요. 이전한 거죠. 다리가 생기기 전엔 배를 타고 가야 했어요. 다리가 세워진 건 얼마 되지 않아요. 블라디보스토크는 APEC 정상회담 개최가 결정되면서부터 변하기 시작했거든요. 다리가 생긴 후론 수업을 끝내고 시내로 돌아가는 러시아 학생들이 정말 편해졌죠. 하지만 대부분이 중국, 일본, 한국에서 온 학생들이라 그들은 수업 후에도 캠퍼스에 그대로 남아 있어요."

"그럼 러시아 학생들은 주로 어느 대학을 가는데요?" 내가 물었다.

"내 생각엔 모스크바나 상트페테르부르크로 가는 것

같아요. 여기 사는 사람들이 그러더라고요."

　나뭇가지를 모으는 동안 레옹이 나에 관해 물었다. 나는 수도 없이 여러 번 이사했던 일과 기숙사 생활에 대해 얘기했다. 잦은 이사 때문에 교우관계를 맺고 그 관계를 유지하기가 쉽지 않았지만 그래도 그 생활이 좋았노라고 말했다. 레옹은 바람 때문에 눈썹을 찌푸린 채 주의 깊게 내 말을 들었고, 나는 생각하느라 잠시 뜸을 들이기도 했다. 그는 내가 왜 패션보다 무대의상을 택했는지 궁금해했다. 난 좋은 질문이라고 말한 뒤 답을 이었다. 원래도 이야기하는 걸 좋아하지 않는 만큼, 나는 이야기의 형식을 구체화할 수는 있지만 이야기를 창조해내지는 못 한다. 다시 말해서 의상으로 표현하는 것보다 육체를 연구하여 표현하는 작업에 더 흥미를 느낀다. 그래서 모델이 중요하다고 생각한다. 나는 유행이라는 구속을 견디지 못하는 것 같다. 내가 연수를 받은 곳은 노인들을 위한 의상학원이었는데, 거기선 난쟁이, 살이 축 처진 사람, 근육이 특별히 발달한 사람, 뚱뚱한 사람, 심지어 팔다리가 훼손된 사람에 이르기까지, 각양각색의 신체에 옷 입히는 것을 배워야 했다. 그들이 내가 만든 옷을 입고 만족해하면

나도 뿌듯하고 보람을 느꼈다. 그래서 병원에서 일하는 건 어떨까 생각해보기도 했다. 예를 들어 심한 화상 환자들을 위해 옷을 만들다 보면 내가 쓰는 재료가 생명 유지를 위한 바이탈 효과까지 갖게 되지 않을지, 혹시 모를 일이다. 내 말이 좀 과장되었다는 생각도 없지 않았지만, 그래도 레옹은 진지하게 들었다.

물이 찰랑거렸다. 발밑에서 검은 거품이 일었다. 이번엔 묻지도 않았는데 내가 먼저 말을 시작했다. 올가의 보살핌 아래 이곳에서 보낸 2년의 세월에 대해. 튀김 요리와 그 냄새, 온 아파트에 풍기던 냄새가 떠오른다. 그 냄새는 아침부터 시작된다. 삶은 달걀 냄새, 기름을 잔뜩 부어 한껏 부풀어 오른 하얀 치즈 갈레트 냄새와 함께. 사용한 기름을 욕실에다 쏟아붓는 바람에 욕실은 매일 청소하는데도 더러웠다. 올가가 나이가 많아서 눈이 좀 어두웠기 때문인데, 난 그 점을 이용해서 그녀가 주는 탈지유를 올가의 개—염소처럼 생긴 그 작은 개는 매우 까칠한 녀석이었다—한테 먹이고는 항상 내가 먹은 것처럼 말하곤 했다. 나는 그 탈지유 냄새가 몹시 싫었다. 말이 우유고 색깔만 우유일 뿐이지, 약간 시큼한 게 이상한 맛이 났다. 올가는 텔레비전 위쪽 벽에 아들 사진과 졸업장을 걸어두었는데 난 그 아들을 한 번도 본 적이 없다. 졸업장에는 인장이 선명하게 찍혀 있었는데, 복사한 것이었다. 그리고 졸업장 가장자리 테두리가 마치 스캐너의 뚜껑이 꽉 닫히지 않아 빛이 들어와서 그런 것처럼 좀 흐릿했다.

우리는 한 낚시꾼이 차를 세워놓고 낚시를 하는 곳까지 이르렀다. 뜨개질로 만든 인형 두 개가 낚시꾼의 밴 차창에 매달려 있다. 서로의 손바닥을 실로 꿰매어 붙여놓은 남자와 여자 인형이었다. 여자 인형은 오렌지색 머리에 가슴이 지나치게 컸고, 남자 인형은 회색 콧수염에 대머리였다.

레옹이 바위를 기어올라 검게 탄 관목이 있는 곳까지 다다랐다. 나뭇가지 꺾이는 소리가 난다. 부러진 가지들을 정성스럽게 골라서 손에 잔뜩 쥐고 돌아온 그가 빈약한 내 수확물을 내려다봤다. 나뭇가지 주울 생각은 않고 그를 쳐다보기만 하고 있었던 탓이다. 우린 이마를 맞대고 그 자리에 쭈그려 앉아 나뭇가지를 분류하고, 잘랐다. 그리고 가장 튼튼한 것들만 남겨두고 나머지는 덤불 속에 던졌다.

"그런데 남자친구가 당신이 이렇게 멀리 있는 걸 싫

어하진 않아요?"

"토마요? 남자친구 아니에요."

레옹이 눈썹을 치켜떴다. 난 괜찮다고 했다. 영화가
성공한 덕에 세계적으로 조금씩 인정을 받기 시작한
데다 다음번엔 미래 공상과학 장편 영화를 찍을 예정
이었는데 지원해줄 제작사도 찾았다고, 그에겐 참 잘
된 일이어서 나도 기쁘다고 말했다.

"당신에게도 좋은 일 아닌가요?" 레옹이 말했다.

"난 그 사람 일에 흥미 없어요."

"더는 그와 함께 일하고 싶지 않다는 건가요?"

나는 반쯤 웃었다.

"토마요? 아무도 그와 '함께' 일할 수 없어요. 그를
'위해서' 일한다면 모를까."

여배우들을 생각했다. 난 그가 항상 여배우들에게
둘러싸여 있다는 말을 덧붙였다. 그는 내가 필요치 않
다는 말도. 이번엔 레옹이 내 얼굴을 뚫어지게 쳐다봤
다. 대답할 말을 찾아보려는데, 곧 그가 먼저 고개를
숙였다. 그리고 내 말이 정말이라면, 자기도 내 나이에
그런 통찰력을 갖고 있었더라면 좋았을 거라고 말했
다. 그가 곡예사 여자와 헤어진 건 생각보다 훨씬 최근

의 일이었다, 작년 가을이었으니까. 그 여자는 아이를 갖고 싶어 하지 않았다. 하지만 3개월 후에 다른 남자의 아이를 가졌고, 그 남자와 결혼했다. 상대는 그녀가 처음으로 듀엣 연기를 하고 싶게 만든 남자였다.

"그 여자가 자기의 임신과 결혼 소식을 알리기 위해 내게 편지를 보냈어요. 알고 보니 임신 5개월 때도 무대에 올랐었더라고요."

"그녀를 다시 본 적 있어요?"

"올봄에 마주쳤어요. 페스티벌에서. 해산한 지 얼마 되지 않은 때였는데, 벌써 일을 시작했더군요."

"그래서……?"

그가 체념한 표정으로 말했다.

"대체로 시간이 다 해결해주는 법인데, 그녀하고는 시간이 지날수록 서로 가볍게 인사를 나누는 일조차 점점 더 어려워지는 것 같아요. 우린 서로 전혀 모르는 사람들보다 훨씬 더 낯설게 느껴지는 사이가 되었어요. 뭐, 그런 거죠. 누구나 돌이킬 수 없는 삶을 한 번쯤 경험하죠. 그렇다고 그게 죽음은 아니니까."

그 일이 있고부터 그는 서커스계의 관계들, 거짓말로 가득한 거대한 숲과도 같은 이 세계가 피곤하게 느껴진다고 했다.

"거짓의 숲이요?"

레옹이 나뭇가지들을 흔들어 보이면서 희미한 미소를 지었다.

"당신이 내게 이런 말까지 하게 만드는군요. 그러니까 이 세계 사람들은 다른 이들로부터 자신의 기술을 지켜내기 위해 저마다 비밀을 갖고 사는데, 내가 보기엔 때로 너무 멀리 가버린 사람들도 있다는 거예요. 니노는 속귀에 문제가 있었어요. 니노가 우리에게 귀띔해준 거예요, 안톤과 내게. 하지만 안나에겐 말하지 않았죠. 특히 안나가 그걸 알면 안 되니까."

"왜 안 되는데요?"

"두려워할 테니까…… 만에 하나, 안나가 두 사람을 못 믿기 시작하면, 그때부터 어떻게 될지 상상이 가요?"

나는 비난을 해야 하는 건지, 어째야 할지 모른 채 생각에 잠겼다. 우린 다시 대교 쪽으로 향했다. 바람이 일었다. 내 스웨터 앞자락이 위로 올라갔다. 배 위로 차가운 밤바람이 느껴졌다.

"각자 자기 일은 자기들이 알아서 해요." 레옹이 결론짓듯 말했다.

외출에서 돌아오자, 복도에서 닭고기구이 냄새가 났다. 나는 노트북을 갖고 구내식당으로 올라갔다. 안톤이 당근과 양파를 굵게 썰어 넣고 끓인 걸쭉한 붉은색 수프를 젓고 있었다. 배가 고팠다. 안톤이 내게 수프 한 사발을 건네며 회향풀과 크림을 조금 곁들여주었다. 그리고 오븐에서 닭고기도 꺼냈는데 닭 다리 하나가 없다. 안톤은 다리 하나를 안나가 먹었다고 말하면서, 나머지 하나를 떼어 쌀밥이 가득 담긴 내 접시에 올려놔주었다. 그러고는 남은 크림을 다시 냉장고에 넣었다. 냉장고 안엔 세일할 때 산 요구르트가 가득했다. 안톤이 테이블 맞은편 끝에 팔짱을 끼고 앉았다.

"What about you?" 안톤에게 같이 안 먹느냐고 물었다.

"Later. With Nino." 그는 나중에 니노와 함께 먹겠다고 했다.

안톤은 눈을 감은 채 식탁에서 옆으로 몸을 틀고—테이블이 너무 낮아 테이블 밑에 다리를 두고 있기가 불편해서다—창문을 향해 기지개를 쭉 켠다. 바람이 더 세졌다. 먼지 돌풍이 돔까지 올라갔다. 덧문이 삐걱삐걱 소리를 냈다. 닭은 정말 엄청나게 컸다. 다리 하나가 접시의 절반 이상을 차지했고, 동그랗게 놓인 힘줄과 살코기, 오목한 뼈 안에 담긴 쌀밥이 아름다운 단색화를 만들어냈다. 갑자기 웃고 싶어진다. 닭 다리. 안나의 넓적다리.

안톤은 내가 식사를 시작한 순간부터 줄곧 움직이지 않았다. 졸고 있는 것 같았다. 나는 다 먹은 식기를 씻은 다음 냉장고 안의 요구르트들을 좀 보려고 그가 정말 잠이 들었는지부터 확인했다. 그리고 요구르트병들을 색깔에 따라 분류했다. 플레인, 바닐라, 캐러멜, 커피, 초콜릿. 그러고 나서 노트북을 펴고 메일함을 열었다. 난 브르타뉴 국립극단으로부터 소식을 기다리는 중이다. 1월에 일을 시작하기 전, 뭔가 준비할 수 있기를 바라서였다. 블라디보스토크에 온 이후로 한 번도 열어보지 않은 메시지들의 목록을 보니 괜스레 울컥하는 기분이 든다. 편지들은 나중에 보기로 하고 SNS부터 여기저기 둘러보았다. 토마가 어떤 여자와 함께 찍은 사진을 올려놓았다. 빨간 입술에 검은 머리, 우리 또래의 영국인 여배우. 나는 그녀를 가만히 응시한다. 그들이 아주 멀게 느껴진다. 갑자기 레옹의 옛 동거녀가 생각났다. 검색창에 '곡예사'를 쳐보았다. 서커스 공연 장면, 어린이용 삽화들, 구름, 왠지 막연한 불안감을 불러일으키는 푸른색, 진부한 몽환적 분위기 등을 보여주는 수많은 사진이 올라온다.

그때 니노가 들어왔다. 나는 얼른 검색창을 닫았다. 그는 내게 인사를 건네고 나서, 바람이 미친 듯이 불고 있다고 말하고는 잠든 안톤을 보며 한숨을 쉬었다.

"안톤이 저녁도 안 먹고 기다렸어요." 내가 말했다.

"알아요. 나를 심부름 보낼 때마다 항상 그래요. 자기가 해야 할 일을 내게 시켜요. 이젠 어떻게 되든 나도 그의 일엔 신경 쓰지 않을 거예요. 그럴 거예요, 그러면 돼요. 모두를 위해서도 그게 나아요."

"어디 다녀오는 길인데요?"

"은행이요. 안톤이 이번에도 비밀번호를 잊어버렸더

라고요. 매주 비밀번호를 바꾸니까요. 지금이 벌써 11월이니, 이고르한테 송금하는 게 급해진 거죠."

"이고르에게?"

"네."

"아니, 왜 안톤이 이고르에게 돈을 보내요?"

몰라서 묻느냐는 표정으로 니노가 날 빤히 쳐다봤다. 그러더니 마침내 이렇게 말했다.

"나탈리, 이고르는 안톤의 아들이에요."

"뭐라고요?"

니노가 슬픈 미소를 지었다. 그는 내가 그 사실을 이미 알고 있다고 생각했던 것이다. 관객들도 그 두 사람이 부자 관계라고는 생각 못 했다고 한다. 오히려 니노의 체격이 안톤과 더 닮았으니까. 이고르는 아주 호리호리한 몸매였다.

"상황이 어느 정도였는지는 나도 몰라요. 하지만 안톤과 이고르 사이에 꽤 팽팽한 긴장감이 돌긴 했어요. 우린 정말 많은 국가를 돌면서 공연했는데, 이고르는 미국을 특히 좋아했어요. 그래서 우리가 뉴욕 '태양의 서커스'에서 1년 동안 일한 적도 있어요."

그는 주위를 손으로 가리키며 말을 이었다.

"거긴 여기 같지 않았어요, 정말요. 그런데 1년 계약이 끝났을 때 안톤이 미국에서의 재계약을 거절했어요. 그때 나와 이고르는 스물두 살이었는데, 우린 그 이유를 몰랐죠. 지금 생각해보면 안톤은 이고르가 태양의 서커스나 라스베이거스에서 영구 계약을 하기 위해 우릴 떠날까 봐 두려웠던 것 같아요. 실제로 이고르는 여기저기 여러 곳에서 제안을 받기 시작했어요. 그 부분에 대해선 난 아무것도 몰라요. 아무튼 이고르를 누구보다 밀어붙인 건 안톤이었어요. 우린 트리플 6회를 성공시키고 싶었거든요."

그는 잠깐 침묵했다.

"그 사고 이후 러시아 언론에서 끔찍한 기사들을 실었더랬어요. 기자들이 뭐라고 했는지 알아요? 안톤은 자기 아들이 미국으로 떠나는 걸 보느니 차라리 장애인으로 살길 더 바랐다고 했어요." 내가 눈을 껌뻑거리고 있자, 니노가 다시 말을 이었다. "안톤은 국가대표 스타였거든요. 그는 아내와 함께 모든 정치 사건마다 등장하곤 했었어요."

안톤은 잠을 자면서 더 크게 숨을 쉬었다. 아들이 쓰러진 후에도 안톤이 어떻게 이 일을 계속할 수 있었을

지 난 솔직히 상상이 안 갔다. 니노가 닭고기 요리에서 남은 살을 떼어냈다. 그 소리가 결국 안톤을 깨웠다. 니노는 자신과 안톤을 위해 두 접시를 푸짐하게 채웠다. 안톤은 자기 접시와 고깃덩어리를 내게 보여주며 눈으로 말했고, 난 미소로 답하며 이미 먹었다고 말했다.

"I ate already."

"Really? Oh, right!"

나는 자유 시간에 뭘 해야 좋을지 몰랐다. 이처럼 한가한 시간을 가져본 기억이 없다. 최근 몇 년 동안 프로젝트들이 줄줄이 이어졌었고, 끊임없이 다음 일을 생각해야 했었다. 여기서는 호텔까지 이동하는 것 말곤 신경 쓸 일이 없다. 고양이와 함께 놀기도 한다. 난 일을 시작하기 전에 주위의 모든 게 정돈되어 있어야만 하는 사람이다. 카라반 안은 재빨리 둘러봐도 되지만, 공동 구역은 늘 꼼꼼히 살펴본다. 탈의실 안에는 곰팡이가 잔뜩 껴 있었다. 그 곰팡이들을 보니 샤워기가 우리 몸을 깨끗이 씻어주는 게 아니라 그 자체가 곰팡이의 양분이나 다름없겠다는 생각이 들었다. 안나와 나는 둘이서 거울을 보며 이를 닦는다. 환풍기가 형광등과 동시에 작동하게끔 되어 있어서 환풍기 돌아가는 소리가 입 헹구는 소리를 덮어준다. 안나는 화장품들을 자기 세면대 옆에 모아두었다. 아주 정확한 경계 설정. 내 세면대 옆엔 치약과 인조 속눈썹 접착제뿐이다. 안나에게 그 접착제를 써보지 않겠느냐고 말을 건네볼까 하다가 그만두었다.

나는 안나가 양칫물을 뱉고 입 헹구는 모습을 바라본다. 그녀는 커다란 크림 통 속에 손가락을 푹 찔러 넣어 크림을 퍼내더니 얼굴에 펴 바른다. 이미 잠옷으로 갈아입은 차림이다. 남자용 티셔츠가 넓적다리까지 내려오고, 티셔츠 끝자락엔 러시아어로 '고딕체'라는 단어와 날짜가 적힌 꼬리표가 붙어 있다. 나는 거울에 더 바짝 다가서 본다. 마른버짐은 더 퍼지지 않았지만 수포의 면적이 더 커졌다. 안나와 눈길이 마주쳤다. 그녀는 크림을 보여주면서, 나더러 써도 된다고 말했다. 나는 고맙다고 말하다가 치약 거품을 조금 흘렸다. 나도 모르게 칫솔질하는 데 시간을 끌고 있었다.

"조금만 기다려줄래요?" 안나가 말했다.

그녀는 멀리 떨어져 있는 복도 화장실 쪽으로 총총 걸어갔다. 나는 규칙적으로 전기 스위치를 눌러서 불이 계속 켜져 있는지 확인했다. 그리고 옷을 벗었다.

안나가 없는 틈을 타서 내 몸을 좀 살펴볼 요량이었다. 허벅지 뒤쪽의 타박상 자국. 아랫배에 그려진 희미한 선들, 갑자기 살이 쪄서 생긴 튼살 자국이다. 장딴지가 너무 가늘다는 생각이 들었다. 춥다. 타일 바닥 위에서 깡충거리며 파자마를 입었다. 열세 살 때부터 입어온 한 벌짜리 녹색 파자마.

안나가 무희처럼 뒷발을 들고 까치걸음으로 돌아왔다. 어깨에 고개를 파묻고 잔뜩 웅크린 자세로.

한밤중, 바람 소리에 일그러진 고양이 울음소리에 잠을 깼다. 문을 열어주자 고양이가 침대 속으로 훌쩍 뛰어오르더니 제 몸을 핥아서 얼마 남지 않은 털마저 뽑고 있다. 난 다시 잠이 들었다. 녀석도 내 베게 위에 몸을 웅크리고 누웠다. 고양이가 숨을 쉴 때마다 불쾌한 냄새가 났다. 가르랑거리는 소리 때문에 잠을 이룰 수가 없었다. 고양이를 키우는 사람들이 다들 그렇게 하듯이 나는 녀석의 배 밑에 한 손을 넣고 다른 한 손으로는 조심스럽게 목덜미를 잡고서 녀석을 문 발치에 내려놓았다. 돌풍이 어찌나 휘몰아치던지 뜰에 있는 의자들이 쓰러질 정도였다. 고양이 옆에 잠시 머물러 있는데 얼마 지나지 않아 추워서 견딜 수가 없었다. 레옹이 항상 환기장치를 열어두기 때문에 난 녀석이

통풍구를 따라 공연장 숙소 안으로 돌아갈 수 있다는
걸 알고 있었다. 다시 카라반의 문을 닫았다. 고양이가
카라반 밑에서 우는 소리가 들렸다. 그러다 얼마 후엔
바람 소리만 들려왔다. 죄책감이 들었다. 굳은 채 박혀
있는 이 차량에선 아무 쓸모도 없는 작은 모터처럼, 털
을 곤두세운 채 웅크리고 있을 녀석이 머릿속에 그려
졌다.

11월 중순, 시제품이 완성되었다. 나는 그들을 놀라
게 해주려고 평소보다 일찍 무대로 갔다. 의상들을 관
객석 의자 위에 걸쳐놓았는데 나뭇가지의 무게로 옷들
이 축 처지는 바람에 하는 수 없이 양탄자 위로 펼쳐놓
았다. 그들이 도착했을 때는 내가 그 일을 막 끝낸 뒤
였다. 그들은 놀란 표정으로 감탄사를 내지르고서 세
밀한 부분까지 샅샅이 살펴보기 시작했다. 안톤과 니
노가 상의를 입어보았다. 안나는 좀 떨어져서 타이츠
를 입었다.

　"좋아요, 그런데 조금 뻣뻣하네요." 니노가 어깨를
움직여보며 말했다.

　나는 옷깃을 만져주고 길이를 허리에 맞춰 조정해주
면서 곧 부드러워질 거라고 말했다.

"그럴 시간이 있을까요?" 니노가 물었다.

안톤도 소매가 너무 뻣뻣한 것 같다고 했다. 나는 그 이야기들을 노트에 기록했다. 아무래도 다른 소재를 찾아봐야 할 것 같다. 나는 화장까지 마친 뒤의 전체 모습을 염두에 두어야 한다고 설명하면서, 러시아의 수없이 많은 자작나무를 표현하기 위해 뭔가 녹색과 흰색이 조화를 이룰 수 있는 걸 생각해봤다고 말했다.

안나가 온통 까만색을 뒤집어쓴 모습으로 돌아왔다. 실루엣이 한층 인상적으로 보였다. 착 달라붙는 벨벳이 그녀의 볼록한 가슴과 엉덩이를 더 돋보이게 해주었다. 소매 끝은 중심을 고무로 연결하여 뾰족하게 만들었다. 안나가 제자리에서 한 바퀴 돌아 보였다. 허리 뒤엔 흔들리는 표범의 꼬리가 달려 있다.

"너무 꼭 맞는 거 아닌가?" 안나가 물었다.

나는 관절 부분이 당기는지를 살펴보고 등의 지퍼도 확인했다.

"내가 보기엔 딱 좋은 것 같은데."

나는 레옹을 바라보며 동조를 구했다. 그는 한 손으로 턱을 괸 채 아무 말도 하지 않았다. 안나가 니노에게 벨벳에 대해 어떻게 생각하느냐고 물었다. 그 말이 왠지 좀 꺼림칙하게 들렸다. 이런 종류의 천은 빛이 비치면, 비에 젖은 맹수나 햇빛에 그을린 가죽 같은 인상을 줄 수 있는 게 사실이긴 하다. 안톤과 니노가 머리에 철모를 썼다. 나뭇가지는 내가 상상했던 것보다 더 높이 올라가서 마치 안테나처럼 보였다. 니노는, 멋있긴 하지만 모자가 무거우면 공중을 올려다볼 때 목덜미에 무리가 가서 위험하지 않을까 걱정된다고 했다.

"Not bad." 안톤이 자기 철모를 살짝 흔들어 보이며 나쁘지 않다고 말했다. 갑옷처럼 군복 상의로 무장한 그는 마치 한 마리 바퀴벌레같이 보였다. 난 서둘러 의상들을 거둬들이면서, 그냥 연습 삼아 만들어본 것일 뿐이라고 중얼거렸다. 그때 안나가 자기는 꼬리를 달고 싶지 않다며, 꼬리에 걸려 비틀거릴 수도 있을 것 같다고 말했다. 드디어 레옹이 침묵을 깨고 입을 열었다. 표범이라는 아이디어가 괜찮을지 확신이 서지 않는다면서. 그러고는 다시 생각에 잠겼다. 안나가 나를 향해 돌아서며 말했다. 벨트도 원치 않는다고. 배를 조이는 어떤 것도 싫다고 했다. 의상을 입고 마음대로 움직일 수 있어야 한다고, 의상이 느껴지면 안 된다고 했다. 마치 피부처럼. 그러고는 허리에 두 손을 올려놓으 채 배에 힘을 주어 쑥 들어가게 하면서 말했다. 잘 보라고, 이렇게 만들어줄 수 있냐고.

나는 구내식당으로 올라가 테이블 위에 의상들을 집어던졌다. 그리고 바느질한 것을 뜯어버렸다. 내가 어떻게 알 수 있었겠는가, 추측조차 못 했던 것들인데! 난 서커스에 관해 문외한이다. 내가 진창 속에서 갈피도 못 잡고 있을 때 레옹은 그런 나를 그냥 내버려 두었다. 분명히 내 생각을 말했으니까 내가 어떤 식으로 의상을 만들지 이미 알고 있었건만! 난 바늘과 옷핀, 실 등 재봉 도구들을 정리했다. 그리고 나 자신을 비웃었다. 멍청하기는. 나뭇가지로 뭔가를 해보려고 했다니, 한심스럽기 짝이 없었다. 그때 누군가가 다가오는 소리가 들렸다. 레옹이었다. 안톤과 니노가 나를 찾는다고 한다. 자기도 이유는 모르겠다면서.

레옹과 나는 공연장 무대로 되돌아갔다. 니노가 나더러 러시안 바 위로 올라오라고 손짓을 했다. 난 움직이지 않았다. 그러자 니노와 안톤이 각기 내 양옆으로 와서 섰다. 니노가 말했다.

"그럼, 조금 다른 방식으로 시작해보죠. 그냥 이 상태에서 우리 쪽으로 몸을 기울여봐요. 옆으로 쓰러지는 거예요, 몸을 곧게 편 상태로."

동작은 복잡하지 않았다. 그들은 양쪽에서 내 어깨를 잡고 왼쪽에서 오른쪽으로, 다시 오른쪽에서 왼쪽으로 몸의 중심을 옮겨보게 했다. 그들의 손이 닿자 뜨거움이 느껴졌다.

"자, 지금 이 동작을 다시 할 거예요. 그런데 이번엔 한 발을 다른 발 앞에 나란히 놓고서 해봐요."

이번엔 좀 더 어려웠다.

"봐요, 넘어지지 않으려고 지금 있는 힘을 다해 균형을 잡고 있죠? 정상이에요. 하지만 일단 바 위로 올라가면 그러지 말아야 해요."

그러면서 니노는 바를 바닥에 내려놓았다. 난 아까처럼 한 발을 다른 발 앞에 나란히 놓고 그 위에 올라섰다.

"그냥 똑바로 선 상태로 있는 거예요, 오케이?"

난 고개를 끄덕였다. 레옹이 자기도 옆에 있다고 작은 소리로 말하며 다가왔다. 바의 한쪽 끝을 잡은 안톤이 나를 마주 보고 섰다. 난 그의 머리 위로 한 점에 시선을 고정했다. 바가 천천히 올라가기 시작했다. 그 순간 나도 모르게 내 두 발이 필사적으로 뭔가에 달라붙어 있으려고 애썼다. 그러면서 두 팔도 저절로 움직여졌다.

"움직이지 마!" 뒤에서 니노가 말했다. "아무것도 하지 말아요!"

두 사람은 지상에서 1미터쯤 되는 높이의 바를 움직이지 않게 꽉 붙들고 있었다. 나도 그럭저럭 균형을 잡고 안정할 수 있게 되었다. 두 다리가 떨렸다.

"좋아요. 이제 몸을 꼿꼿하게 유지한 채 레옹 쪽으로 쓰러져봐요. 아까처럼."

나는 시선을 아래로 떨구었다. 더 떨렸다. 니노의 말대로 옆에 있는 레옹 쪽으로 쓰러지려고 애썼지만, 나도 모르게 무릎이 접혔다. 그리고 허리를 쓰려 애쓰는데도 상체가 나를 집요하게 잡고 놓아주질 않았다. 니노는 몸을 나무토막처럼 꼿꼿히게 유지하라고 계속 말

129

했다. 움직임은 허리에서부터 시작되어야 한다면서.

더는 할 수 없었다. 나는 결국 바닥으로 뛰어내리고 말았다.

"나쁘지 않았어요." 니노가 말했다. "하지만 스스로 균형을 잡으려고 하면 안 돼요. 그냥 몸이 하는 대로 내버려 둬야 해요. 움직임은 머리가 아니라 허리로부터 와야 해요. 그냥 꼿꼿하게 서 있기만 하면 안전해요. 당신이 균형을 잡을 수 있게 해주는 건 안톤과 나거든요. 우리가 당신의 균형을 잡아주는 거예요. 하지만 당신이 허리를 굽히면 붙잡아줄 방법이 없어요."

"Very important," 안톤이 말했다. "Security." 안전이 가장 중요하다고.

"이번엔 바를 어깨까지 올려볼게요." 니노가 말했다.

난 숨이 막혔다. 안나가 레옹 곁으로 다가와서 말했다.

"허벅지에 힘을 줘봐요." 그녀가 동정 어린 투로 말했다. "그럼 움직이지 않는 데에 도움이 돼요."

레옹은 안심이 안 된다는 표정이었다. 하지만 난 어느새 다시 바 위로 올라가고 있었다.

"풀장 바닥에 닻을 내린 채 몸이 물 위에 떠 있다고 상상해봐요." 레옹이 말하자 안나도 거들었다.

"아니면 공기의 밀도가 높다고 상상하든지. 몸으로 밀어내기 힘든 어떤 게 있다고 생각하는 거예요. 예를 들면, 모래 구덩이에 빠진 것처럼."

"우릴 믿어봐요." 니노가 덧붙였다.

안톤과 니노는 단 한 번의 추진력으로 나를 그들의 어깨높이까지 쑥 들어 올렸다. 레옹과 안나의 머리가 내 발목 근처에 있었다.

"자, 이제 레옹 쪽으로 쓰러져요." 니노가 호령하듯 말했다.

나는 이미 균형 감각이 사라진 허벅지를 있는 힘껏 양손으로 꽉 움켜잡고 있었다. 어떻게 당신들을 믿고 쓰러지라는 거야? 난 속으로 화가 났다. 아무 보호 장비도 없이 바닥에서 1미터 60센티나 떨어진 데 떠올라 있다니! 등 뒤에서 니노로부터 계속 지시가 떨어졌다.

"당신은 다칠 수가 없어요. 절대로 안 다친다니까요! 그냥 똑바로 서 있기만 해요. 그 상태에서 그냥 레옹 쪽으로 쓰러지라고요. 허리에서 움직임이 나와야 해요. 그 자세를 똑바로 유지해요."

"Stay!" 마음과 달리 내 무릎이 굽혀지자 안톤이 그대로 있으라고 외쳤다. 그의 얼굴이 두려움으로 일그러졌다. 그에게서 지금껏 한 번도 본 적 없는 표정이었다.

눈물이 나오려고 했다.

"눈을 감아봐요."

레옹의 목소리가 아주 먼 데서 들려오는 것처럼 느껴졌다.

나는 눈을 감았다.

그 순간 나를 받치고 있는 널판이 부드럽고 폭신하게 느껴졌다. 마치 움직이지 않는 트램펄린 위에 있는 것처럼.

다시 눈을 떴다.

안톤과 니노가 왼쪽, 오른쪽으로 움직이며 내 균형을 맞춰주고 있었다. 내가 바닥과 거의 수직을 이루고 있는 상태에서! 난 허벅지를 잡고 있던 손을 놓았다. 그리고 안정적인 상태를 유지했다. "이제 그 위에서 한번 뛰어봐요, 할 수 있을 거예요." 안톤이 나를 격려했다. 난 크게 도약을 시도했다. 바가 나를 따라 올라왔다. 난 바를 느끼지 못했다. 주변으로 계단 좌석이 움직이는 게 보였지만, 내가 내릴 수 있도록 바가 양탄자가까이 내려오고 있다는 건 알아차리지 못했다. 두 발이 바닥에 닿자 나는 털썩 주저앉고 말았다. 그러곤 웃기 시작했다. 이젠 넘어지기까지 하다니! 바보같이. 바가 나를 받쳐주고 있다는 사실을 잊고 있었던 것이다.

"바보 같다니. 절대 그렇지 않아요." 니노가 말했다. "성인이 힘 빼는 걸 배우는 것보다 아기가 똑바로 서는 걸 더 빨리 배워요."

그가 안톤 쪽으로 몸을 돌리며 말했다.

"훌륭했어요, 그죠?"

안톤이 손가락으로 V자를 그렸다. 그는 다시 평정을 되찾은 모습이었다. 레옹이 내게 손을 내밀었다. 그가 나를 단번에 일으켰다.

"브라보." 안나가 말했다.

아파트 건물은 시내 중심에서도 특별한 위치에 있어요. 걸어서 모든 걸 해결할 수 있거든요. 맞은편 초등학교를 알아보려고 해요. 몇 분 거리로 갈 수 있는 토마의 사무실도 알아보고요. 토마는 지금 더 큰 사무실을 찾고 있어요. 최근 영화 두 편 덕분에 픽션을 가미한 다큐멘터리 장편 영화를 새로 제작할 수 있게 되었어요. 요즘 아버지 생각을 자주 해요. 토마의 동료 중 한 명이 유럽 입자물리연구소에서 일하는 물리학자들을 상대로 인터뷰를 하고 있거든요. 그 인터뷰가 토마의 영화와 정확히 어떤 연관이 있는지는 잘 모르겠지만, 기사는 육상에 관한 거예요. 인간은 이제 신체의 한계에 도달해 있어서 신체 훈련만으로는 지금보다 더 나은 기록을 만들어낼 수 없대요. 그래서 생체역학의 도움 없이는 더 이상 신기록을 낼 수 없을 거래요.

저 역시 아주 바쁘게 지내요. 가끔 예술감독이 대극장전 직원의 임무를 모두 제게 떠맡기는 것 같다는 생각이들 때도 있긴 해요. 최근 몇 년 동안 온 열정을 쏟아부어서 해낸 프로젝트들에 대해 자부심을 느끼지만, 업무계약을 연장할 생각은 없어요. 좀 더 자유로운 일을 찾고 싶거든요. 생각해보니, 제 손으로 직접 창작하는 일을 못 한지가 꽤 오래되었더라고요.

아버지는 어떻게 지내세요? 아이는 외할아버지 곁에서보냈던 바캉스의 추억을 지금까지도 이야기해요. 할아버지와 함께했던 중서부 철도 여행이 아이에겐 아주 특별했던가 봐요. 며칠을 달려도 밀밭밖에 보이지 않는 곳이 있다는 걸 그전까진 상상도 못 해봤을 테니까요.

곧 우리를 보러 오실 거죠? 아버지 침실은 큰 광장 쪽으로 나 있어요. 그 광장만 건너면 성채와 공원이 나오고, 조금 더 가면 호수라든지 살레브산도 있어요. 광장은 작은 조약돌들로 덮여 있는데, 이름이 '서커스 광장'이에요.

우린 작은 테이블 위에 노트북을 켜놓고 안톤의 침대에 앉아서 훈련과정 영상을 보았다. 거의 3주일 동안 그들은 전반부 연습이 끝나면 경연대회 프로그램에서 예정한 트리플 연속 4회를 테스트해보고 싶어 했다. 레옹이 안나의 허리에 안전띠를 채우고 그것을 천장 도르래에 연결하는 장면부터 나왔다. 영상 속에서 안톤은 자신의 동작 하나하나를 확인하며 이러쿵저러쿵 토를 달고 있었다. 그게 너무 시간을 잡아먹었다. 확실히 그랬다. 화면상으로 그런 그를 보면서 모두가 거북해했다. 정면에서 터무니없는 두 개의 구멍이 자기를 쳐다보고 있는 것 같아 기분 나쁘다며 그가 콘트라베이스에 대고 짜증을 낼 때 특히 더 그랬다. 그의 말이 끝나면서 영상이 잠깐 멈췄다. 다시 영상이 시작되었을 땐 콘트라베이스가 검은 천에 가려져 보이지 않았다. 그걸 덮은 건 나였다. 영상이 이번엔 니노에게로 옮겨 갔다. 안나가 도약했다가 착지할 때마다 그의 턱은 긴장했고 목에 푸른 핏줄이 드러났다. 니노의 시선에서 뭔가 힘들어하는 게 느껴졌다. 이젠 내게도 그것이 보인다. 니노와 안톤이 바의 양 끝에서 서로 대칭을 이루고 있음에도 불구하고, 두 사람의 동작이 똑같지 않고 다르다는 것도 보인다. 안톤은 바에 기대고 있는 것 같고, 니노는 밀어내고 있는 것처럼 보인다. 혹은 그 반대일 수도 있다. 안나는 네 번째 트리플을 두 번이나 거부했다. 안톤은 그녀가 계속 두려워하면서 통증을 염려하는 한 결코 경연대회를 준비할 수 없을 거라고 말했다.

"겁이 나서도 아니고 아파서도 아니에요." 그녀가 외쳤다. "제기랄! 바가 너무 폭신거려서 그런 거라고요! 충분히 높이 뛸 수가 없으니까 공중에서 회전할 시간이 없단 말이에요!"

평소보다 날카로운 목소리가 그녀의 말이 반쯤은 거짓이라는 생각이 들게 했다. 이번만큼은 그녀가 정말 두려워하고 있다는 생각도 들었다. 안나가 카펫 위에 앉았다. 나는 바를 클로즈업했다. 안나가 촬영을 중지하라고 외치는 소리가 들렸다.

"어, 대체 뭘 찍은 거야?" 다음 장면이 나오자 레옹이 스크린으로 다가오면서 물었다.

화면에 클로즈업된 그의 두 손이 보였다. 피부는 주름이 잡히고, 안전띠의 마찰로 붉게 물들어 있다. 카메라는 다시 바를 훑어가다가 바를 잡고 있는 두 남자의 손에 이르렀다. 널찍한 그들의 손은 한 손 위에 다른 한 손이 겹쳐져 있고, 게의 집게발처럼 손가락들이 꼭 붙어 있다. 이어 화면에는 안나의 발이 비친다. 덧대어 만든 실내용 운동화를 신은 발이 끈으로 꽉 묶여 있다. 말발굽처럼 생긴 발. 카메라는 다시 바를 잡은 남자들에게로 돌아와서 그들의 손목을 비춘다. 안나. 발목. 동물의 다리 같은 안나의 다리. 손목처럼 가느다란 발목. 카메라는 그녀의 도약을 따라가려고 애쓰지만 도약이 너무 빨라서 발가락인지, 발톱인지, 발바닥인지, 아니면 몸통에 압박붕대를 감은 새의 갈퀴인지 허리에 달린 안전벨트 고리인지 분간하기 어려웠고, 여기에 천장 밑 허공의 공기 소리까지도 녹음하는 마이크로 인해 잘그락거리는 소리, 도르래 줄 미끄러지는 소리,

배에서 나는 꾸르륵 소리까지 증폭되어 들렸다.

난 요구한 대로 찍었을 뿐이라고 무미건조한 투로 설명했다. 각 멤버를 클로즈업해서 찍어달라 하지 않았느냐고. 분위기가 더욱 거북해졌다. 나는 그런 식으로 말한 걸 곧 후회했다. 사실 난 다만 레옹이 좀 원망스러웠을 뿐이었던 건데. 망친 내 의상에 대해 아직까지 레옹과 말할 기회를 찾지 못한 데다, 그가 자신의 의견을 내놓을지 어떨지도 모르는 상태였다. 니노는 별일 아니라면서, 어쨌든 문제가 뭔지를 봤으니 됐다고 했다. 그런데 그런 친절한 배려가 나를 더 짜증스럽게 했다. 모욕감이 느껴졌다. 니노가 영상의 이동 커서를 움직였다. 전체가 잡힌 장면으로 다시 돌아갔다. 안나의 풀 영상. 트리오의 풀 샷. 니노가 영상을 천천히 돌렸다. 이번에는 영상이 짧게 짧게 끊어진다. 단속적인 동작으로 안나가 착지했다. 니노는 속도를 빨리했다가, 다시 인형의 몸짓처럼 천천히 움직이게 했다. 나는 목이 마르다는 핑계를 대면서 방을 나갔다.

구내식당에서 내려오는 도중 계단에서 안톤과 니노를 마주쳤다. 그들은 바에 문제가 있으며, 안나가 뛰기엔 너무 많이 휜다는 것을 인정하고, 돔 아래서 공공연히 바를 분해해보기 위해 안나를 찾으러 간다고 했다. 그들이 멀어져 가는 모습을 바라보았다. 두 사람 모두 약간 다리를 절었다. 안톤은 왼쪽 다리를, 니노는 오른쪽 다리를.

　그들은 바를 식당 테이블 위에 올려놓았다. 안톤이 바를 감고 있는 하얀 붕대를 식칼로 길게 잘라냈다. 그러자 접착성 있는 반투명의 부드러운 천 같은 것으로 이어붙인 기다란 바 세 개가 모습을 드러냈다. 그 부드러운 천 같은 것이 실리콘이라고 니노가 설명해주었다. 가운데 바를 칭칭 감은 노끈은 안나의 착지 공간을 튼튼하게 해주고, 양쪽 끝에 있는 부드러운 재질의 매트는 어깨에서 받는 충격을 완화하는 역할을 한다고 했다. 그때 니노가 매트 부분이 약간 주저앉은 것을 발견하고는, 교체하지 않으면 안 되겠다고 말했다. 안톤은 니노의 말에 동의하면서, 요즘 재료는 터무니없이 값만 비싸고 내구성은 약해 빠졌다고 투덜거렸다. 그러면서 작은 숟갈로 실리콘을 긁어내기 시작했다. 실리콘 부스러기들이 동글게 말리면서 바닥에 떨어졌다.

우리는 안톤이 일하는 것을 지켜보았다. 섬세하고 치밀한 동작. 고양이가 다가와서 킁킁거리며 냄새를 맡았다. 안에 있던 바가 다 드러나자, 안톤은 세 개의 긴 바를 서로 연결해주는 볼트들을 풀었다. 볼트는 바의 내부에 있는 나무 너트와 맞물려 있었다. 나는 바의 속이 비어 있다는 것을 알아차렸다. 니노가 세 개의 바를 알코올 묻힌 거즈로 깨끗하게 닦아냈다. 그러더니 안톤을 불러서 너트 하나를 보여주었다. 우린 모두 몸을 굽히고 들여다봤다. 볼트를 끼우는 곳에서부터 3센티 정도로 아주 미세한 균열이 나 있었다. 니노가 몸을 일으키며 말했다.

"지금 발견해서 다행이야."

"내가 말했었잖아, 문제가 있다고." 안나가 말했다.

안톤이 반박하기를, 이건 그녀와 아무 상관 없는 문제라고 했다. 그러고는 균열 부분을 자세히 살펴보며 어째서 그렇게 금이 생겼는지 이유를 모르겠다고 말했다. 그가 바를 만들고, 직접 조립했었기 때문이다.

"심각한 거예요?" 내가 물었다.

"잘못하면 터질 수도 있었어요." 니노가 말했다. "하지만 괜찮아요, 나무니까. 그래서 나무 너트를 쓰는 거예요. 볼트가 직접 바에 닿지 않게 하려는 거죠. 유리 섬유를 사용하는 것보다 나무로 대신하는 게 덜 비싸요."

안나와 의논 끝에 그들은 3주간의 연습 기간에 너무 많은 변화를 주지 않도록 세 개의 바 가운데 하나만 조금 더 견고한 것으로 대체하기로 했다. 최대한 빨리 바를 구매하기 위해 안톤이 러시아 육상 연맹에 전화하기로 했다. 하얀 접착 밴드와 바의 끝부분에 대는 매트, 얇은 나무판도 다시 사기로 했다. 안나는 노끈으로 감은 것보다 더 편평한 표면이었으면 하고 바랐다.

결함이 있는 바를 밖으로 갖고 나가면서 안톤은 이고르에겐 아주 잘 맞는 바였다고 무심코 말해버렸다. 그 녀석은 훨씬 가벼웠거든. 레옹과 니노와 나는 반사적으로 안나에게 시선을 던졌다. 입술에 경직된 미소를 띤 채 그녀가 우리의 시선을 피했다. 나는 안나를 꼭 끌어안아주고 싶었다.

중심상가는 도시 외곽에 아메리칸 식으로 형성되어 있었다. 텅 빈 주차장, 듬성듬성 위치한 싸구려 옷 가게들, 과자 가게, 할인용품점. 한 경비원이 우리를 주시한다. 그는 안나 주변을 서성거렸다. 난 그녀가 무대 위에 있을 때를 제외하고는 화장기 없이 항상 운동복이나 몸에 착 달라붙는 타이츠를 입은 것만 봤었다. 오늘 그녀는 미니스커트를 입고 허벅지까지 오는 가죽부츠를 신었다. 게다가 그녀가 입은 비행사 점퍼가 가슴을 더 커 보이게 했다. 안나는 땅만 내려다보면서 걸었다. 얼굴엔 베이지색 파운데이션을 바르고 볼연지까지 했는데, 볼연지를 너무 아래쪽에 바른 탓에 마치 볼 안쪽을 혀끝으로 밀어 뺨을 부풀린 것처럼 보였다. 보기에 좀 거북할 정도였다.

케이크 가게 앞에 이르자 안톤이 디저트를 사가서 저녁때 다 같이 나눠 먹자고 했다. 레옹은 벅을 데리고 동물병원에 갔고, 니노는 이런저런 행정업무를 처리하는 중이었다. 안나가 샐쭉한 표정을 지으면서, 전날 먹은 저녁 식사가 아직도 소화가 안 된 것 같다고 하자 안톤이 부랴트 공화국의 특산물과 버터를 베이스로 끓인 죽, 사워크림, 밀가루를 살펴보았다. 안나는 벤치에 앉아서 우리를 기다리기로 했다.

안톤은 카나페와 슈 파르시(양배추 안에 고기, 채소, 쌀 등을 넣어 속을 채운 요리—역주)와 케이크를 놓고 하나를 결정하기까지 한참이 걸렸다. 내 머리카락이 달짝지근한 밀가루 반죽과 촉촉한 아몬드 냄새 속에서 가볍게 흔들렸다. 아주머니 한 분이 우리 뒤에서 기다리고 있었다. 판매 직원이 조바심을 냈다.

"Anton, what do you want?" 빨리 고르라고 내가 부드럽게 다그쳤다.

안톤은 호흡이 빨라지면서 두 손으로 공중을 휘저었다. 그러더니 결국 나더러 마음에 드는 걸 고르라며 자기도 밖에서 기다리겠다고 했다. 딸랑딸랑 방울 소리를 내면서 문이 닫혔다. 난 마음에 드는 색깔별로 파랑, 핑크, 초록 색깔의 조각 케이크들을 골라서 상자 하나를 채워갔다. 안나가 빠른 걸음으로 들어오며 말했다.

"왜 이렇게 오래 걸리는 건데?"

또 다른 고객이 불평을 했다. 하지만 안나는 거기엔 조금도 신경 쓰지 않고 내가 고른 것에다 다른 케이크를 열 개 정도나 더 추가했다.

"이렇게나 많이? 이걸 다 먹을 수 있을까?"

안나는 이런 케이크들은 보관해두면 시간이 갈수록 더 맛있어지는 법이라고 답했다. 시간이 지나면 빵처럼 딱딱해지기 때문에 커피나 차에 적셔서 먹을 수 있다고. 레시피에 기름이나 버터가 안 들어가는 한 푸석푸석해지지도 않는다면서, 자기가 고른 케이크들이 그나마 기름기가 적은 것들이라고 했다. 그녀는 케이크 상자를 가슴에 꼭 안은 채 빵집을 나왔다. 안나의 충동구매에 놀란 나는 그녀가 이야기하는 케이크 지방에 관한 논리를 도무지 이해할 수 없다고 말하려다가 꾹 참았다.

안나는 바를 수리하는 데 필요한 재료를 사러 가는 안톤과 동행했다. 나는 재봉에 쓰일 자질구레한 것들이 필요했다. 우리는 한 시간 후 다시 만나기로 했다.

팻 숍을 지나갔다. 진열 유리창 뒤로 새끼 고양이들과 크리스마스를 주제로 한 액세서리, 금박 장식 줄, 순록 무늬의 강아지 망토, 고무로 만든 종들이 보였다. 그 모습이 울란우데로 출발하는 날짜가 가까워지고 있음을 상기시켜주었다. 이제 3주일도 채 남지 않았다. 레옹의 고양이가 생각났다. 나도 모르게 고양이 이름이 되뇌어졌다. 벅. 털이 하나도 없는 벅. 녀석에게 담요 하나쯤 만들어줄 수 있을 것이다.

한쪽 코너에 반려동물과 주인의 커플룩들이 진열되어 있었다. 난 머플러 위에 달린 장식용 금속 조각들을 달그락거려보기도 하고, 나일론, 폴리에스터, 아크릴로 된 옷들을 살랑거려보기도 하고, 스판덱스와 면 혼방 직물을 잡아당겨보기도 했다. 조잡한 품질. 마침 이 기회를 이용해서 내 마른버짐을 감출 수 있는 게 있는지도 살펴보고 싶었다. 여직원이 내게 와서 말을 걸었다. 향수 냄새가 코를 찌른다. 그녀의 얼굴에서 화장품으로 덮인 솜털들을 탈탈 털어내주고 싶었다. 그녀가 내게 무슨 말을 하는지 알아들을 수가 없었다. 난 그녀가 내 어깨에 외투를 걸쳐줄 때 미소 지었던 걸 후회하며 거울 쪽으로 몸을 돌렸다. 인조 모피로 만든 외투는 발목까지 내려왔다. 부드럽긴 하지만 목 부분이 따끔거린다. 그녀는 너무 잘 어울린다고 외치면서 내게 담비 털로 만든 모자까지 씌우고는 장갑들을 뒤지더니 악어 무늬의 장갑 앞에서 잠깐 걸음을 멈췄다가 다시 머플러 쪽으로 건너간다. 그러고 보니 내가 유일한 고객이었다. 그녀는 계속 내 옆에서 서성거렸다. 나는 그걸 살 생각이 전혀 없다고, 목덜미에 부풀어 오른 수포를 가릴 수 있는 거 말곤 찾는 게 없다고 말하고 싶었다. 결국 나는 순록 문양의 머플러 하나를 산 뒤 상점을 나왔다.

서커스 공연장 뜰에서 니노를 만났다. 테이블 위에 맥주와 칩, 오이 피클이 놓여 있고, 의자 위엔 모포들이 놓여 있다. 레옹은 아직 돌아오지 않았다. 지금 계절치고는 놀랄 정도로 따뜻한 바람이 불었다. 안톤은 노끈 대신 쓰려고 사온 스노보드 널판을 자르기 위해 톱을 찾으러 무대 뒤로 가려던 참이었다. 니노가 보드 위에 그려진 슈퍼맨 그림을 보며 비웃었다.

"상점 안에 들어가서 이것저것 살펴볼 생각도 않고 그냥 진열대에 놓인 걸 대뜸 사지 뭐야." 안나가 안톤을 흉보듯이 말했다. "세일 품목이었거든."

안톤이 변론했고, 난 그의 말을 충분히 이해할 수 있었다. 상점들이 문제라는 얘기였다. 요즘은 선택의 폭이 너무 넓다면서, 그가 젊었을 때는 선택권이 그렇게 많지 않았지만 품질만큼은 신뢰할 만했다고 말했다.

안나가 맥주병 하나를 따고는 모포로 몸을 감쌌다. 그리고 부츠를 벗고 두 발을 마사지했다. 구두 굽이 다 닳아서 완전히 모양이 변형된 상태였다. 나도 자리를 잡고 앉아 야금야금 칩을 먹으면서 바다 쪽을 바라보았다. 군용선들이 대교 밑을 오간다. 나는 눈을 가늘게 치켜떴다. 하루가 끝날 시간이다. 비스듬히 비치는 햇살. 가을이 다가오면서 점점 더 하얘지는 빛. 유럽에선 저녁이면 햇빛이 노랗게 되는데, 여기선 투명해진다. 물질이 밀도를 잃어가는 것 같다. 돌, 유리, 진흙, 나무, 메마른 추위로 모두에 균열이 인다.

니노가 우리의 울란우데행에 대해 이야기한다. 그는 이미 여러 가지를 알아봤다. 이제 열차표를 예약할 시간이다. 카바로브스크를 경유하면 꼬박 이틀 밤낮이 걸린다. 최단 거리를 택할 경우, 중국 국경선을 지나 만주 횡단철도를 따라 치타까지 간 다음 거기서 시베리아 횡단열차를 타면 다이렉트로 갈 수 있다. 하지만 비자 절차가 너무 복잡하기 때문에 우린 모스크바로 가야 한다. 비행기로 가는 건 안톤과 니노에게 어림도 없는 일이다. 바가 훼손되면 큰일이기 때문이다. 페스티벌이 끝나면 니노는 크리스마스 공연을 위해 프랑크푸르트에 있는 가족들한테로 돌아가야 하고, 안톤은 이르쿠츠크에 있는 가족에게로, 그리고 안나는 키에브로 갈 것이다. 레옹이 니노를 따라 프랑크푸르트로 가기로 했다는 걸 난 그때 알았다. 하나뿐인 동생이 캐나다에 있는데 진열대의 물건을 훔쳐 재범으로 투옥된 상태이고, 부모님은 폐쇄적인 공동체 안에서 살고 있기 때문이라고 했다. 이런 이야기는 레옹이 내게 한 번도 꺼낸 적이 없던 터라 난 그 말을 듣고 약간 상처받았다. 며칠 전 루스키섬에서 난 모든 이야기를 털어놨건만!

"나탈리는 어떻게 할 생각이에요?" 니노가 물었다.

나는 미처 생각해보지 못했다고 말했다. 일부러 왕복표가 아니라 편도만 끊어서 왔는데, 마지막 순간까지 자유롭게 결정할 수 있는 여지를 남겨두고 싶어서였다. 니노가 울란우데 근처에 공항이 있다고 알려주었다. 하지만 난 모스크바까지 계속 열차를 타고 가고 싶었다. 아주 먼 길이라 할지라도.

안나가 두 번째 맥주를 땄다. 니노가 질책하는 눈길로 그녀를 바라봤다. 난 좀 긴장이 되었다. 난 비행기

타는 걸 싫어하는데, 아버지를 닮아 그런 거라고 말하면서 설명을 이어갔다. 아버지는 비행기에 대해 병적인 공포심을 갖고 있다. 직업이 우주항공 연구원이면서 비행기를 두려워하는 건 모순이긴 하지만 그래도 몇 년 동안 한 연구소에서 다른 연구소까지 아무 문제없이 하늘을 날아다녔었다. 그러다 갑자기 언제부턴가 수면제를 먹지 않으면 잠을 자지 못하게 되었다. 수면제 복용이 아버지가 찾은 유일한 해결책이었다. 그 후로 아버지는 가능한 한 배를 타고 이동했다. 하지만 배는 너무 오래 걸린다는 게 문제다. 아버지가 최근에 날 보러 온 게 2년 전이다. 난 운전면허증이 있지만 아버지는 면허증이 없기 때문에 아버지가 열차를 타지 않을 때는 내가 운전해서 아버지를 모시고 유럽 전역을 다녀야 한다. 아버지는 열차를 좋아하는데 미국에서는 기차 여행이 그리 많지 않아서 열차 타기가 쉬운 일이 아니다. 아버지는 지금 매사추세츠에서 살고 있는데 당분간 거기 머물 예정이다.

난 무심코 안나의 맥주를 한 모금 마시고 말았다. 병을 내려놓고 나서야 그게 안나의 맥주였던 걸 알아차렸다. 그때 난 빈속이었다. 난 알코올에 약한 편이다. 그래서 말이 더 많아질까 봐 걱정되었다. 난 그들에게 이야기를 하나 들려줘도 될지 물어봤다. 시카고에 갔을 때 열차에 대한 추억이다. 블라디보스토크로부터 왔을 당시 난 학교생활에 적응하는 게 무척 힘들었다. 무엇보다 영어를 할 줄 몰랐기 때문이다. 아버지는 올가에게 부탁하기를, 나와 프랑스어로 말해달라고 했다. 올가는 대학에서 프랑스어를 가르치다가 은퇴한 상태였다. 전에 이미 말했듯이, 아버지는 내게 어린이용 프랑스 잡지를 정기 구독시켜주었고, 올가가 내게 그것을 읽어주었다. 아직도 기억하고 있는 이야기가 하나 있는데, 내 또래의 몽골 소녀가 전통적인 승마 대회를 준비하는 이야기였다. 난 그 이야기가 굉장히 흥미로웠다. 그런데 우리가 곧 울란우데에 가게 되었으니 정말 재미있는 일이다.

"울란우데는 러시아에 있어." 안나가 내 말을 끊었다.

나도 안다, 하지만 울란우데는 몽골에서 그리 멀지 않은 곳이고, 어떻든 나는 말에 몹시 흥미를 갖고 있었는데 아버지도 그걸 알고 있었다, 나는 그렇게 답했다. 여름 방학이 시작되던 날 아버지가 내게 깜짝 선물을 해주었다. 잠이 들 때는 분명히 시카고 집의 침대 위였는데, 잠에서 깨어보니 시골의 마구간 안이었다.

안나가 짜증 난다는 얼굴로 나를 바라봤다. 내 말에 반응하지 않을 수 없었던 자신의 호기심 때문에 신경이 곤두섰던 모양이다.

"말이 돼? 침대에서 자고 있었는데 깨어보니 냄새 지독한 짚더미 속이었다는 게. 아무리 깊이 잠들었어도 그렇지, 자기 집에서 시골 마구간까지 가는 사이에 무슨 일이 일어났는지 모를 정도로 그렇게 무감각한 사람이라고?"

"바로 거기에 비결이 있었던 거지. 내가 아예 정신을 놓았던 거야. 깜짝 놀라게 해주고 싶은 마음에 아버지가 내게 수면제를 먹였었거든. 내가 도중에 깨어나지 않도록." 나도 모르게 안나에게 말을 놓고 있었다.

"와, 끝내주네!" 니노가 외쳤다.

그러더니 안나에게 물었다.

"너네 집엔 말이 없지?"

"우리 아버지는 어린 딸을 선도할 책임이 있다면서 아이에게 메도크산 포도주를 주는 사람이라고!"

"오, 멋진 분이시네! 그럼, 너한테서도 뭔가 끝내주는 이야기가 나올 것 같은데."

"어떤 얘기?"

"나야 모르지. 뭔가 그럴싸한 이야기."

안나가 세 번째 병의 뚜껑을 땄다.

"그렇게 많이 마시면 안 된다니까." 니노가 말했다.

"내일은 휴일이잖아."

"그러니까, 안 돼."

안나는 울타리 쪽을 바라보면서 길게 한 모금 마시더니 니노를 보고 고지식한 사람이라고 했다. 그러자 니노가 내게 눈짓을 하더니 톱질에 열중인 안톤을 바라보고는 짐짓 경쾌한 척하면서 말했다.

"바로 저 사람이지, 진짜 고지식한 사람은."

"What?" 안톤이 고개도 들지 않고 물었다.

"I'm going to tell I'm a bad boy(내가 좀 말썽꾸러기라고요)." 니노가 말했다.

그러곤 나를 향해 말을 이었다.

"사실이에요, 난 술이 들어가면 아주 한심했거든요. 공연이 끝나면 중압감을 떨치기 위해 술을 마시곤 했어요. 열네 살쯤 시작했을 거예요. 안톤은 술에 관한 한 끔찍할 정도로 엄격하게 굴었어요. 계속 술을 마실 요량이면 가르치는 걸 그만두겠다고 협박까지 했었죠.

그러곤 내가 술을 마시는지 어쩐지 확인하려고 내 옆에만 붙어 있기 시작했어요. 어떤 때는 내가 잠이 들 때까지 감시하기도 했을 정도예요. 심지어 자신이 함께 갈 수 없다는 이유로 내가 우리 아버지의 50번째 생일을 축하하러 가는 것조차 허락하지 않았다니까요. 그다음 날 저녁이 우리가 이고르와 처음으로 공연하는 날이었거든요."

안나가 의자에 앉은 채로 몸을 돌리며 물었다.

"그래서 어떻게 했는데?"

"생일 파티에 갔지. 짐작했겠지만."

난 약간의 유머를 시도해봤다.

"그래서요? 스승님의 신뢰를 받을 만한 수준에 이르렀던 거예요?"

"그랬더니 스승님이 뭐라고 했는데?" 안나도 물었다.

니노가 대답했을 때 난 그가 안나만을 상대로 말하고 있다는 느낌이 들었다.

"몸 상태는 괜찮으냐고 묻더군. 무대 위로 들어서기 직전에 말이야."

"그럼 안톤은요," 내가 끈질기게 물었다. "당신 기분은 어땠어요? 그때 어떻게 했어요?"

니노도 덩달아 묻자 안톤은 이제 그 얘긴 더 이상 듣고 싶지 않다면서, 중요한 건 자기들이 상을 탔었다는 사실이라고 결론짓듯 말했다. 그 말에 니노가 웃었다. 그러면서 어쨌든 자기는 안톤 같은 타입의 사람과 함께 일할 수 있어서 행운이라고 말했다.

　"What about you?" 내가 안톤에게 물었다. 그는 어떤 이야깃거리가 있는지.

　"Tell us something cool." 뭔가 재밌는 얘길 좀 해달라고 니노가 덧붙였다.

　안톤이 구시렁거렸다. 그러더니 우리의 끈질긴 요청에 한참을 생각하고 난 뒤 러시아어로 세 단어를 내뱉었다. 니노가 통역을 해줬다.

　"소비에트 연방 시대에 해군에서 요리사로 복무했었대요. 잠수함 안에서."

　"어떤 요리를 했는데요?"

　안톤이 알 수 없는 표정으로 대답했다. 니노가 통역을 했다.

　"말할 수 없다는데요."

　"왜요?"

　또다시 알 수 없는 표정.

"군사 기밀이라 폭로할 수 없대요."

그 말에 난 배꼽을 잡고 웃었다. 안톤이 무표정한 얼굴로 우리에게 말했다. 울란우데로 출발하기 전에, 떠날 채비를 모두 마치고 우리를 식당으로 초대하겠노라고. 그러면서 눈여겨봐둔 아주 멋진 전통 식당이 있다고 말했다. 어떤 식당인지는 말해주려 하지 않았다. 우리에게 깜짝 선물이 될 거라며.

안나는 무릎에 제과점 상자를 올려놓고 계속 케이크를 먹었다. 부스러진 케이크 가루와 크림을 손가락 끝의 연한 살로 집어서 정성스럽게 핥기도 했다. 난 안나가 그런 방법으로 먹는 건 처음 봤다. 그녀는 맥주 세 병과 케이크를 모두 먹어치웠다. 그러곤 입술을 닦고 나서 미안하다고, 자기는 정말 배가 고팠었노라고 사과했다.

안톤이 마침내 보수작업을 끝냈다. 그가 잘라낸 나무 조각 하나를 우리에게 보여주었다. 그림 그려진 면이 우리 쪽을 향했는데, 그 그림을 보고 니노가 웃음을 터뜨렸다. 안톤이 바를 돌려서 뒷면을 보았다. 그러곤 자신이 슈퍼맨의 팬티가 있는 바로 그 부분에서 정사각형 모양을 잘라냈다는 걸 알아차렸다.

"네가 점프하는 지점이 정확하게 어딘지 사람들이 알면 어떻게 될까!" 니노가 안나에게 말했다.

안나가 갑자기 벌떡 일어났다. 스커트가 완전히 구겨져 있었다. 밤이 서서히 내려앉았다. 전선들이 바람 속에서 울음소리를 내기 시작했고, 우리는 각자의 방으로 돌아가기로 했다. 안나가 어깨에 걸친 담요를 두 손으로 꼭 붙잡았다. 그녀의 실루엣은 그림에서 본 시골 아낙네의 모습을 떠올리게 했다. 나도 몸이 떨려왔다. 우리를 배반한 낮의 햇빛, 그 열기가 몹시 아쉬웠다.

식사가 끝난 후 복도 안쪽에 희미한 불빛이 켜졌다. 탈의실 문이 반쯤 열려 있었다. 나는 걸음을 빨리했다. 어느새 안나를 앞세우고 가는 버릇이 들어 있어서 나 혼자 복도를 지나는 게 무서웠다. 형광등이 너무 빨리 꺼져버리기 때문이다.

나는 탈의실 문 앞에서 잠깐 멈췄다.

발가벗은 안나가 등을 돌린 채 웅크리고 앉아 있었다. 척추를 중심으로 발달한 양쪽 근육이 웅크린 자세 때문에 더 넓어 보이는 허리까지 불거져 나왔다. 내가 치수를 잰 이후로 조금 더 살이 찐 것처럼 보였다. 하얗게 빛나는 피부. 그녀는 바닥에 떨어진 크림 병 조각을 주워 유리에 덩어리져 엉겨 있는 바디크림을 칫솔 케이스에 쓸어 담는 중이었다. 아무런 보호 장비도 없이, 추위에 얼어붙은 몸으로 어깨를 잔뜩 끌어올린 채 그러고 있었다. 두 팔만이 부지런히 움직였고 유리 조각들은 멀리까지 튀어 흩어져 있었다. 잘그락거리는 유리 파편들 가운데서 그녀는 무릎을 꿇은 채 몸을 굽히고 있었다.

나는 밖에서 기다렸다가 안나가 샤워실 안으로 사라진 후에야 탈의실 안으로 들어갔다. 잠시 후 그녀가 록 그룹 사진이 새겨진 헐렁한 스웨터를 입고 습기 찬 불빛 속에 다시 모습을 드러냈다. 나는 파자마 차림이었다. 우리는 거울을 보고 나란히 서서 양치질을 했다. 나는 작은 상처들로 붉어진 안나의 무릎에 시선을 보내지 않으려고 애썼다. 그녀가 세면대에 치약을 뱉었다. 이따금 복도에서 나는 냄새와 똑같은 동물 냄새가 송풍기를 통해 풍겨왔다. 안나가 고개를 들고는 마치 동물원에 있는 것 같다며, 짐승들 우리에서는 그들이 죽은 후에도 여전히 냄새가 풍긴다고 말했다. 동물원의 동물들이 죽어서까지 끝내 자유라는 걸 경험하지 못했음을 상기시켜주는 이야기다. 유리 조각과 크림이 담긴 컵을 바라보는 내 시선이 느껴졌는지 그녀가 한마디 덧붙였다.

"이거, 피부 필링에 꽤 좋을 것 같지 않아?"

안나가 컵 안에 손가락을 넣었다 빼며 얼굴에 펴 바르는 시늉을 했다.

"얼굴 잡티 제거하기에 안성맞춤이겠지?"

나는 옆눈으로 그녀를 바라봤다. 안나가 웃음을 터뜨렸다. 정감 어린 웃음에 가까웠다. 그녀는 농담이었다고 말하면서 재활용 쓰레기장에 갖다 버릴 거라고 옆으로 밀어놓았다. 우리 건물엔 유리 버리는 재활용 쓰레기통이 없기 때문이다. 뭔가 보여줄 게 있는지 안나는 반쯤 미소 띤 표정으로 내게 윗옷을 입고 자기를 따라오라고 했다.

우린 복도로 나갔다. 안나가 철로 만든 이중문 위에 드리워진 벨벳 천을 걷고 문을 열었다. 지하실로 향하는 계단이 있었다. 시큼한 냄새 같은 것이 새어 나왔고, 그 냄새는 간간이 더 강해지기도 했다.

"이런 게 있는 줄 어떻게 알았어?"

"처음 여기 도착했을 때 눈여겨봤더랬어. 하지만 혼자는 내려오고 싶지 않았어."

"어쩐지……" 나는 휴대전화 불빛을 비추고 앞장서

면서 말했다.

"방금 뭐라고 했어?"

안나의 목소리가 동굴 안에서 들려오는 것처럼 울렸다. 계단이 점점 축축해졌다.

"바다 수면과 같은 높이인가 봐." 내가 말했다.

내부 한가운데 이르자 바닥이 울퉁불퉁했다. 시멘트 바닥이었다가, 또 군데군데는 짚을 섞은 진흙으로 질벅질벅했다. 어둠 속에서 들리는 발소리가 그것을 증명해줬다. 양쪽으로 금속의 철책이 길게 이어지고 있었다.

"동물 우리야." 안나가 바로 옆에서 속삭였다.

내가 휴대전화 플래시로 비춰봤다. 우리 안엔 약간의 짚이 널려 있었다. 계속해서 커브 길을 따라 갈림길 쪽으로 향했다. 그쪽은 더 밝았다. 천장에 있는 쇠창살을 통해 새어든 가로등 불빛 때문이다. 뜰에서 보던 쇠창살 홀을 금방 알아볼 수 있었다. 그때는 하수도관을 덮고 있는 홀인 줄로만 알았었다. 통풍기 구멍에서 더운 바람이 뿜어져 나온다. 우리는 통풍기 있는 데를 피해서 걸으려고 조심했다. 냄새는 정확하게 거기서 비롯되고 있었다. 벽은 온통 고무로 덮여 있었다. 고무를 만져봤다. 표면에 결이 있고 축축한 느낌이 나는 게, 꼭 스테이크를 만지는 것 같았다.

"동물들을 위해서야." 안나가 말했다. "녀석들이 흥분해서 날뛸 때 벽을 들이받기 쉽거든. 그때 상처가 생기지 않게 하려고 그런 거야. 동물들은 여기를 통해서 무대로 올라갔겠지. 바닥에 모래가 있는 건, 발굽 밑의 쇠 때문이야."

터널의 이 부분부터는 그냥 칸막이가 아니라 칸칸이 나뉜 우리였다. 안나는 안으로 들어가 사료통들을 보여주면서, 사료통의 크기로 볼 때 이곳이 그냥 지나는 복도 같은 데가 아닐 거라고 했다. 그리고 말들이 여기서 살았을 듯한데, 확실친 않다고도 했다. 너무 비좁아서 말들이 몸을 돌릴 수도 누울 수도 없는 정도였기 때문이다. 말들을 부동자세로만 있게 할 순 없는 노릇인데. 안나는 말뚝에 묶인 줄을 손으로 따라가면서 그것 역시 보호장치라고 말했다. 재갈이나 고삐를 무엇인가에 묶어두는데, 말이 격분하거나 갑자기 뒤로 물러날 땐 묶어둔 줄을 잡아 뺄 수 있어야 한다고 했다. 안 그러면 말의 목이 부러질 수 있기 때문이다. 안나는 정확한 영어 단어를 찾기 위해 천천히 말했다. 그런 그녀의 노력에 고맙다고 말하자 안나가 시선을 들었다. 나는 러시아어를 배우지 않은 게 후회된다고 말했다. 키릴 자모를 알아보는 건 할 수 있지만 P자 같은 것은 프랑스어와 전혀 다른 발음이라서 여간 헷갈리는 게 아니다. 이를테면 레스토랑을 PECTOPAH라고 쓰고 P를 영어의 R처럼 발음해서 '레스따란'이라고 한다. 나는 언어 수업을 듣고 싶은 마음도 있다. 레옹이 교사였으니까 그에게 부탁해볼까도 생각했지만 그를 귀찮게 하는 건 아닐지 염려되었다.

"그딴 건 잊어버려. 넌 곧 떠날 거잖아."

"그건 그래."

왠지 모르겠는데, 어쩐 일인지 나는 안나에게 내가 처음이자 마지막으로 말을 탔던 기억을 이야기하기 시작했다.

"미국에 있을 때 말을 타고 근처 한 바퀴를 도는 프로그램에 들어간 적이 있었어. 근데 말이 너무 빨리 걷는 거야, 거의 속보였어. 내 몸도 자연히 몹시 흔들렸지. 아스팔트 위를 딸가닥딸가닥 소리 내며 걷는데 그 리듬에 맞춰 내 몸이 어찌나 흔들리던지 스트레스를 엄청 받았어. 그런데 그게 왜 그렇게 웃음이 났던지 모르겠어. 뒤에서 코치가 멈추라고 계속 소리쳤지만 난 말을 제어할 수가 없었어. 그렇게 바보같이 계속 웃으며 전진하다가 결국 모든 사람을 제치고 앞으로 나서게 된 거야. 그러자 코치가 내게 더 큰 소리로 외치기 시작했고, 난 그 상황이 무서워서 더 크게 웃고 말았어. 결국엔 코치가 달려와서 내 앞에 서게 되었는데, 말이 더 앞으로 나아가진 않았지만 자꾸 빠른 속도로 제자리걸음을 하는 거야. 난 코치가 시키는 대로 했어. 방향을 돌리기 위해 고삐를 늦춘 다음 말을 타기 전에 코치가 했던 말을 모두 기억하려고 애썼지. 손과 발뒤축을 밑으로 향하게 한다, 등은 꼿꼿이 세운다, 다리를 꽉 오므린다, 시선은 멀리 본다…… 고삐를 늦춘 채 안간힘을 다해서 그렇게 했더니 말이 원을 그리며 돌기 시작하는데, 그 원이 점점 더 작아지다가 나중엔 제자리에 서서 도는 거야. 마치 개가 자기 꼬리를 물려고 빙빙 도는 것처럼. 마침내 멈춰 섰을 때 녀석이 어찌나 땀을 흘리던지! 그 말이 숨을 몰아쉬는 걸 너도 한번 봤어야 하는데! 어쨌든 그제야 내 두 다리가 녀석의 배에서 확실하게 들어 올려졌어. 말도 더는 앞으로 나갈 수 없을 것 같았고. 내 생애 처음이자 유일했던 승마 경험이었지. 드디어 말이 멈췄고, 난 말에서 떨어졌어!"

"왜 떨어져? 말이 멈췄다면서?" 안나가 물었다.

나는 웃음을 터뜨렸다.

"그러게, 정말 웃기는 거지! 근데 잠깐만, 이야기의 끝이 이게 다가 아니야. 난 그냥 떨어진 거야. 말 그대로 땅에 팍 떨어졌다니까. 마치 방금 일어난 일들의 뒤를 이어서 당연히 따라와야 하는 순서처럼 아주 자연스럽게. 그때 난 이런 생각을 했던 것 같아. 말이 나 같은 사람은 자기 등에 올라타선 안 된다는 걸 가르쳐주고 싶었던 게 아닐까. 아무튼, 그게 중요한 게 아니고, 그 순간 난 완전히 혼란에 빠졌더랬어. 왜냐하면 말에 관한 걸 책에서 정말 많이 읽었던 터라 아주 잘 탈 수 있을 거라고 확신했었거든. 우리 아버지도 그렇게 믿고 계셨고. 아버지가 많이 실망하셨지."

"아버지가 널 보러 울란우데로 오실 건가?" 안나가 물었다.

"아버지를 못 본 지 2년이나 됐어. 그런데 갑자기 시베리아 한구석에서 만나게 되면 정말 소스라칠 일이지. 사실 아버지한테 내가 여기 와 있다는 말도 안 했어."

"그 정도로 사이가 안 좋은 거야?"

난 눈이 동그래져서 그녀를 쳐다봤다.

"절대 아니야. 내가 말했었잖아, 우리 아버지는 비행기를 절대 안 타신다고."

"그래도 노력해볼 순 있잖아."

"아버지는 최선을 다하고 계셔. 만일 내가 그곳으로 간다면 당장 비행기 표를 보내실 거야."

안나에게 휴대전화에 있는 사진 한 장을 보여주었다. 토마의 영화 포스터로 덮은 벽면을 찍은 사진인데, 신문에서 오린 거였다.

"어제 아버지가 보내온 사진이야. 여기가 아버지의 연구실이지."

"그런데, 이건 뭐야?" 안나가 한 부분을 확대하면서 물었다.

"내가 만든 의상을 입은 사람들을 스크린에서 캡처한 것들. 아버지한테 그 영화를 보냈었거든. 아버지가 그걸 확대해서 프린트한 건데, 너무 크게 확대하는 바람에 화소가 떨어져서 그래."

두세 장의 사진들이 이어졌다. 모두 첫 번째와 비슷한 사진이었다.

"아버지가 이런 걸 보내올 때면, 난 다 그만두고 아

버지가 생각하는 것보다 내가 몇 광년이나 더 떨어진 곳에 와 있다는 걸 밝히고 싶어지곤 해."

"거짓말을 한 건, 아버지가 어떻게 생각해주길 바라서 그랬던 건데?" 안나가 물었다.

난 그녀를 빤히 쳐다보았다. 난 거짓말한 적이 없다. 아버지는 내가 여기 와 있는 줄 모르고 있을 뿐이다, 그건 거짓말과는 다른 문제다. 슬며시 화가 났다. 나는 아버지와 사이가 나쁘지 않다고 한마디 했다. 다만 서로를 잘 모르는 것뿐이라고.

"넌 아버지가 딸을 이해하고 알아갈 수 있는 기회를 주지 않는구나." 안나가 말했다.

안나와 나, 우리 둘 다 처음엔 그럴 생각이 없었는데, 지금은 서로 말을 하려고 애쓰고 있다는 느낌이 들었다. 내가 양보했다.

"그럼 넌? 네 가족은?"

안나는 자기 아버지가 오실 거라고 말하면서, 이번이 처음이라고 했다. 그녀의 아버지는 서커스에서 공연하는 딸을 여태 한 번도 보지 못했다는 것이다. 심지어 트램펄린 선수로 있을 때도 마찬가지였다고 한다. 오래전부터 속내를 털어놓을 날만을 기다려왔다는 듯한 투로 말하면서 안나는 이렇게 덧붙였다.

"우리 아버지는 손님들 패거리를 모두 데리고 오실 거야. 나를 보기 위해서라기보다, 울란우데가 중요한 페스티벌이기 때문에 오시는 거지. 아버지는 경주마 사업을 하고 계셔. 순수 아랍산 말. 그게 뭔지 아니? 어쨌거나 네가 경험했던 것 같은 이야기는 아니야. 미리 말하는데, 나는 동물을 좋아하지 않아. 말은 특히 싫어. 아버지의 종마 사육장은 완전 럭셔리 호텔이야. 우리 아버지는 말 한 마리를 팔아도 당신이 직접 품질을 보증하겠다고 말을 비행기에 태워서 함께 가시는 분이야. 정말 자신감 하나는 끝내주지!"

안나는 짚 위에 앉아서 두 팔로 다리를 감쌌다.

"내가 왜 이런 이야기를 하고 있는지 모르겠네. 뭐, 어때. 어쨌든 난 아버지가 엄마 없이 혼자 오기만 바랄 뿐이야. 우리 엄마는 아버지한테 너무 달라붙어, 정작 아버지는 다른 여자랑 자는데. 그 여자는 나랑 동갑이야. 사실 난, 내가 제일 싫어하고 불쾌하게 여기는 게 뭔지도 모르겠어. 아버지는 배에 기름이 너무 껴서 혼자선 신발도 신을 수 없어. 엄마가 아버지를 위해 매일 신발을 신겨주지. 아무튼, 내가 거기 있을 땐 엄마가 신발을 신겨줬어. 지금도 그러는지는 나도 몰라."

난 벽이나 맨바닥에 닿지 않으려고 신경 쓰면서 안나 옆에 웅크리고 앉았다.

"안나, 다른 멤버들에게도 네 엄마랑 아버지 이야기를 한 적이……."

"확실해, 난 아버지를 닮았어, 누가 봐도 단박에 알 거야. 아버지는 항상 내가 너무 살이 쪄서 말을 탈 수 없다고 하셨더랬어."

안나가 쓴웃음을 지으며 말했다.

"내가 말 위에 올라가면 말 등이 부러질 거라고 말씀하셨지. 내가 이렇게 살이 찔 줄 미리 알았더라면, 소련의 짐수레 말들을 키웠을 거라나. 그 말들은 다리가 굵고 갈기와 말총이 금 빛깔이래."

그러면서 안나가 자기 넓적다리를 한 대 찰싹 쳤다. 나는 소리가 잠잠해질 때까지 그 메아리에 귀를 기울이고 있다가 작은 목소리로 말했다. 스무 살도 못 되어 트램펄린 챔피언이 될 정도라면 그렇게 살이 찔 리가 없다고. 그러자 안나가 틀에 박힌 그런 사교적인 멘트 같은 건 하지 말라고 했다.

통풍기 쇠창살 너머로 뜰에서 나는 소리가 우리한테

까지 들려왔다. 레옹이 돌아온 것이다. 니노와 이야기를 나누는 그의 목소리가 들렸다.

"저 남자들이 우리가 하는 말을 들었을까?" 안나가 속삭였다.

그들의 이야기는 환풍기 돌아가는 소리 때문에 잘 들리지 않았다. 우린 귀를 기울여보았다. 안나는 두 사람이 고양이에 관해 러시아어로 이야기하고 있다고 알려줬다. 레옹은 진찰 결과를 기다리느라 이렇게 늦었다고 했다. 고양이가 심각한 병에 걸린 것 같은데, 수의사는 병명을 알 수 없었다고. 이어 레옹은 고양이 상태가 어떻게 될지 몰라서 우리와 함께 울란우데에 갈 수 있을지 확신하지 못하겠다고 했다. 그 말에 안나의 얼굴이 굳어졌다. 난, 내가 따라가는 것보다 레옹이 그 자리에 있는 게 더 필요하다고 말했다. 그러니까 내가 레옹 대신 여기 남을 수도 있다고.

"Please stop your bullshit(말 같지 않은 소리 하지도 마), 고양이는 아직 살아 있잖아." 그녀가 말했다.

"고양이 이름은 벅이야." 내가 정확하게 말해주었다.

안나가 마땅찮은 표정으로 날 쳐다봤다. 두 남자의 목소리가 차츰 멀어지더니 완전히 사라졌다.

안나가 한숨을 푹 쉬면서 레옹이 지나치게 고양이한
테 집착한다고 말했다. 나는 그녀에게 혹시 두 사람 사
이에 아무 일도 없었느냐고 물었다.

"나랑 레옹?"

안나가 고개를 저었다. 그러고는 레옹이 자기 여자
친구인 곡예사를 너무나 사랑했다고 말했다.

"어떤 여자였어?"

안나는 잠시 생각하고 나서 대답했다.

"까다롭고 요구가 많은 여자."

"어떻게?"

안나가 나를 옆눈으로 쳐다봤다. 나는 얼굴이 빨개
지는 기분이었다.

"감시하고 통제하는 데 익숙한 타입. 줄 위를 걷는
사람에겐 확실히 그런 성품이 필요하긴 해. 레옹이 서
커스단에서 그처럼 훌륭한 기술자가 된 것도 사실 그
런 품성 때문이지."

그녀가 다시 한숨을 쉬었다.

"너라면 어떨 것 같아? 그토록 사랑하는 사람의 안
전을 어떻게 지켜줄 수 있겠어? 그 사람이 아슬아슬
한 연기를 펼치고 있는 동안 넌 관객들 앞에서 아무것

도 할 수 없는 거야. 사랑하는 사람은 혼자 그 줄 위를 걸어서 통과해야 하는데 말이야. 네가 그 사람에게 좀 더 가까이 가기 위해 맞은편 기둥 꼭대기까지 열심히 기어 올라갔다고 쳐. 거기서도 네가 할 수 있는 건, 그가 무사히 와주기만을 기다리고 있는 것뿐이야. 그가 줄 위에서 한 발 한 발 옮기는 걸 바라보는 일밖에 달리 할 수 있는 게 아무것도 없다고. 난 레옹이 그런 중압감을 대체 어떻게 견뎌냈는지 모르겠어."

안나가 공중으로 7미터나 높이 뛰어오르는 모습을 상상해봤다. 그녀가 말을 이었다.

"난 곧 결혼해. 내년으로 정해졌어."

결혼 상대는 어렸을 때부터 알고 지내온 사람이라고 했다. 그 남자는 키에브에서 의사로 일하고 있으며, 두 사람이 만날 기회는 아주 드물다고 했다. 그가 먼저 결혼하자고 했는데, 안나는 기뻤지만 결혼이 그의 질투심을 부추기는 건 아닌지 걱정된다고 했다. 그렇게 되면 그의 삶이 힘들어질 거라면서.

"정말 결혼하고 싶은 거야?" 난 그렇게 묻지 않을 수 없었다. 그만큼 결혼 문제는 내 삶에서 멀게 느껴지는 것이었다.

안나는 결혼은 해야 하는 거라고 말했다.

"결혼이 의무는 아냐." 내가 반박했다.

그녀가 나를 바라봤다.

"내가 트램펄린을 할 때, 모두가 그러더라, 저렇게나 어린애가 트램펄린을 한다고. 그런데 지금은 더는 내게 아무 말도 안 해."

나는 속마음을 털어놓았다. 훈련할 때 가끔 안톤이 그녀를 너무 가혹하게 대하는 게 아닌가 하는 생각이 든다고. 안나가 어깨를 으쓱했다. 그러면서 안톤이 니노에겐 더 심하게 군다고 말했다. 그녀는 오히려 그 두 사람을 걱정했다. 안톤은 곧 65세가 된다. 그런데도 여전히 그는 러시안 바 묘기에 집착하고 있다. 이젠 니노가 새로운 파트너를 찾도록 도와주는 편이 더 나으련만…… 더 젊은 파트너 말이다. 안나가 말하길, 안톤은 니노가 절대 자기를 버리지 않으리란 걸 알고 있다고 했다. 그리고 화를 내며 덧붙였다.

"내가 착지할 때 바의 무게가 얼마나 되는지 알아? 안톤은 더 오래는 그 무게를 견디지 못할 거야. 안톤이 바를 놓친다고 상상해봐. 그가 자기에게 더 이상 버틸 힘이 없다는 걸 느끼지 못한다면 어떻게 될까? 평생

해오던 일을 그만둬야 한다는 걸 넌 어떻게 알 수 있을 거 같아?"

"안톤은 알 거야, 그렇게 생각하지 않아? 그에겐 경험이 있잖아, 지금까지 해온……."

"사람이 늙는 건 한 번뿐이야."

그녀는 지푸라기 한 줌을 쥐고 돌돌 말면서 말했다.

"이고르와 함께였다면 그들은 정상에 올랐을 거야, 최고의 자리에."

그리고 짧은 침묵 후에 다시 말을 이었다.

"있잖아, 그들은 정말 강해. 내가 이런 말을 하는 이유는……."

안나의 목소리가 또 갈라졌다.

"이유는?"

"아냐, 아무것도 아냐."

난, 어떤 면에서는 그녀를 존경한다고 말하고 싶었다. 하지만 그렇게 말하는 대신, 나 역시 어떻게 해야 할지 모르겠다는 느낌이 들 때가 종종 있다고 말해버렸다.

"그래서 언제나 그렇게 필요 이상의 노력을 하는 거야?"

안나가 일어나면서 말했다.

우린 먼지투성이가 된 채로 계단을 다시 올라갔다. 복도로 올라와 막 헤어지려는 순간 안나가 걸음을 멈추더니 자기들은 꼭 성공할 거라고, 반드시 경연에서 우승할 거라고 말했다. 꼭 해내고 말 거라고. 그리고 자기가 지금까지 한 말은 모두 안 들은 걸로 하라고, 자기는 아무 말도 안 한 거라고 했다.

잠을 자러 카라반으로 가기 전에 구내식당으로 돌아갔다. 알코올 냄새, 소독제 냄새가 났다. 그렇게 많이 마시지도 않았는데 취한 기분이다. 물을 끓였다. 등 뒤로 의자 두 개에 걸쳐 하얀 밴드로 감싸인 바가 놓여 있었다. 밴드의 양 끝이 양쪽 의자 밑으로 늘어뜨려져 있고 타일 바닥에는 실리콘 조각들이 떨어져 있다. 난 청소하고 싶은 마음을 꾹 참았다. 안나가 했던 말이 생각나서였다. 나더러 필요 이상의 노력을 한다고 했다. 나도 안다.

아버지가 생각났다. 아버지를 못 본 지 2년이나 되었다. 지금쯤 아버지는 어떤 모습일까? 부모님은 늦은 나이에 나를 가졌다. 40세가 넘어서. 엄마에 대해서는 병원과 관련된 기억밖에 없다. 거칠거칠한 새하얀

시트와 여기처럼 녹색의 타일을 붙인 바닥. 산소마스크로 뒤덮인 얼굴, 점점 더 커지는 숨소리. 엄마가 병실 안에 숨을 불어넣고 있는 것만 같았다. 창문은 닫혀 있었고, 공기가 정체되어 답답하기만 했다. 비닐 팩에서 나오는 액체가 방울방울 떨어져 엄마의 몸 속으로 흘러 들어갔다. 엄마는 손에 꽂은 바늘을 통해 영양을 공급받았다. 마지막 며칠 동안 아버지와 나는 엄마 병실에 딸린 간이침대에서 잤다. 난 엄마의 가슴이 올라갔다 내려갔다 하는 걸 지켜보면서 그 움직임이 계속되고 있음을 확인하곤 했다. 엄마가 돌아가신 후 아버지는 평소보다 훨씬 더 여위었고, 박박 깎은 머리가 여윈 모습을 더 두드러지게 했다. 아버지는 항상 손이 차가웠다. 난 아버지에게 머리카락이 자라게 내버려 두라고, 그러면 몸이 더 따뜻해질 거라고 말하곤 했었다. 어느 날 밤, 직장에서 돌아온 아버지는 내 옆에서 현관 거울을 오랫동안 바라보았다. 그러고는 면도기를 치웠다. 일주일이 지나자 아버지의 머리가 온통 잿빛으로 변했다. 까칠까칠하게 돋아난 잿빛 머리. 아버지의 실루엣은 훨씬 더 말라 보였을 뿐 아니라 늙어 보이기까지 했다. 난 후회했다.

다음 날 주문했던 새 바가 배달되었다. 평소처럼 안톤이 모든 작업을 지휘했다. 그는 바의 보호 필름을 벗겨내고 본래 있던 두 개의 바 사이에 새 바를 놓은 뒤 내게 휴대전화의 플래시를 비춰달라고 부탁했다. 그동안 안나와 니노는 바를 꽉 잡고 있었다. 난 레옹이 그 자리에 없는 것을 난처해하면서 플래시를 비췄다. 레옹이 함께 있지 않는 것이 모욕처럼 여겨졌다. 사실 난 계속해서 레옹을 보지 못하고 있다. 그가 자꾸 자리를 비우는 게 이해되지 않았다. 울란우데로 가기 전까지 3주일도 안 남았는데! 어떤 의상을 만들어야 할지 아직 감도 못 잡은 상태에서 그 역시 내게 뭔가 제안해줄 안무를 만들지 않은 터라 오롯이 나 혼자 고민해야 한다는 느낌이 들었다.

"도대체 지금 뭘 하고 있대요? 레옹 말이에요." 내가 물었다.

니노가 오전에 그를 봤다고 했다. 서커스 무대에 있었는데, 아이스크림을 먹고 있었다면서.

"아이스크림?"

"나탈리!" 안나가 나를 불렀다.

플래시가 꺼졌던 것이다. 안톤이 실리콘 튜브를 짜서 바늘 사이의 벌어진 틈을 메우자 안나가 헤어드라이어로 접합 부분을 말렸다. 이어 안톤이 바의 한가운데를 측정해 맞춘 뒤 스노보드에서 잘라낸 나무판을 내가 갖고 있던 강력 접착제로 고정했다. 그리고 끝부분을 다시 다듬기 시작했다. 너무 얇아서도 안 되지만 무엇보다 너무 두꺼워서도 안 된다며, 저렇게 다듬어주어야 바와의 접촉이 부드러워진다고 니노가 설명해주었다. 마침내 안톤이 내게 고맙다고 말했고 나는 그제야 플래시 비추는 일을 끝낼 수 있었다. 안톤과 니노는 하얀 접착 밴드로 바를 감싸기 시작했다. 안나는 주름이 생기지 않도록 꼼꼼하게 살폈다. 난 내가 얼마나 주의를 기울이고 있는지 과장되게 표현하면서 그들 주위를 맴돌았다. 그 외엔 달리 할 수 있는 게 없었기 때문이다.

두 시간 후 실리콘이 다 마르자 그들은 바를 시험해 보기 위해 공연장 안으로 들어갔다. 난 평소처럼 첫 줄에 자리 잡지 않고 맨 위쪽 자리로 갔다. 그때 레옹이 나타났다. 그가 내 옆에 와서 섰다. 니트웨어 소매가 둘둘 말려 있었고, 그에게서 바람 냄새가 났다.

"벌써 끝난 건가?" 레옹이 물었다.

"이제 보게 될 거예요."

난 신경질적으로 주머니 안을 뒤졌다. 잊고 있었던 슈가씨 사탕 하나가 만져졌다. 3주 전 세탁기에 돌렸는데도 아직 남아 있던 것이다.

"먹을래요?" 레옹에게 물었다.

그는 사양했다. 사탕 껍질을 벗기는데 달라붙어서 잘 떼어지지 않았다.

"먹지 않는 게 좋겠어요. 유통기한이 지난 것 같은데." 그가 말했다.

"이거, 당신이 준 거예요."

"그럴 리가."

"관객들을 위해 통 속에 가득 채워놓았었잖아요."

"아, 그건 내가 준 거라고 할 수 없죠."

난 레옹을 빤히 쳐다봤다.

"먹어도 되긴 하지만 그래도 날짜가 너무 지났는데." 그가 말했다.

난 사탕을 냉큼 입속에 넣었다. 새콤달콤한 맛이 나더니 나중엔 잘게 부서져 녹은 해초의 시큼한 맛과 짠맛도 느껴졌다.

"조심해!" 니노가 소리쳤다. "이전 것보다 딱딱할 거야."

안나가 고개를 끄덕였다. 드디어 그녀가 바 위로 올라섰다. 안톤과 니노는 이전보다 무릎을 더 낮게 굽히면서 자세를 더 확실하게 잡았다.

"그렇게 짧은 시간 안에 새 바에 적응할 수 있을까요?" 나는 의문스러웠다.

"그러길 바라야죠." 레옹이 중얼거렸다.

안나가 도약을 시도했다. 이제껏 봐왔던 것보다 훨씬 더 높이 뛰어올랐다. 그녀는 벌써 날개처럼 두 팔을 빠른 속도로 돌리면서 새 바에 금방 적응했다. 균형 잡힌 힘찬 도약. 트리오는 계속 도약을 하다가 마침내 공중제비 동작까지 시도해봤다. 안나가 만족스러운 표정으로 바에서 내려왔다.

"이번 바는 마음에 들어요." 안나가 자신 있게 말했다.

레옹은 트리오의 훈련이 끝나자마자 사라져버렸다. 그가 구내식당으로 올라가는 것을 봤다. 이번만큼은 어떻게든 얘기를 해봐야겠다고 단단히 결심하고 그를 따라 올라갔다. 그는 고양이 옆에 앉아 있었다. 고양이는 동물병원에 다녀온 후로 줄곧 난방기 아래 깔아둔 담요 위에 누워 있다. 레옹이 요구르트에 약을 넣어 섞은 다음 손바닥 위에 올려놓고 고양이한테 내밀었다.

"이 녀석이 계속 구토를 해요." 내가 그 옆에 같이 무릎을 꿇고 앉자 레옹이 말했다. "이틀 전부터 계속."

그는 우리 옆에 봉지가 열린 채로 놓여 있는 고양이 사료를 가리키면서, 사실 벅이 이 사료를 좋아하지 않는 건 정상이라고 했다. 사료에서 좋지 않은 냄새가 난다는 거였다.

레옹이 내민 손 위에 고양이가 한 발을 올려놓고는 혀로 핥았다.

"왜 이러는 거예요?" 내가 물었다.

"이 녀석이 새끼일 때부터 내가 가르친 재주예요."

난 고양이 옆구리와 털 하나 없는 등에 스치듯이 손을 대봤다.

"피부가 왜 이렇죠?"

"기생충 감염. 그래서 털을 깎아줘야 했어요. 그런데 그 후로 전혀 털이 자라지 않는 거예요. 길에서 주워온 놈이거든요."

고양이가 부르르 떨며 경련을 일으키다가 반쯤 몸을 일으켰다. 뭔가를 토해내려는 것 같았지만 아무것도 나오지 않았다. 고양이가 다시 누웠다. 레옹이 고양이 배를 쓰다듬으면서 진정시켜주는 말을 속삭였다. 나도 마음을 편안하게 가지려고 애쓰며 내일 다시 상태를 살펴보자고 했다. 그가 고개를 끄덕이더니 요구르트병의 뚜껑을 닫고 다시 냉장고 문을 열었다. 그리고 노란 액체 안에 젤리 같은 알맹이들이 들어 있는 병 하나를 보여주었다.

"뭐예요?"

"유산균 음료. 안톤이 어제 만들었어요. 이게 발효될 때까지 기다려야 한댔어요."

난 고양이 병원균에 감염될 위험이 있다는 구실로 그것을 쓰레기통에 넣으려고 그의 손에서 요구르트를 받아들었다. 레옹이 순록 무늬의 내 스카프를 가리키며 물었다.

"새로 산 건가요?"

"아뇨."

"다른 사람들은 어딨어요?"

"몰라요."

"그런데 여긴 뭐 하러 온 거예요?"

속으로 초조해하며 나는 일하고 싶다고 대답했다. 보름밖에 시간이 남지 않은 데다, 나는 지금 그의 지도가 필요하다고 말했다. 레옹은 자신도 알고 있다면서 미안해했다. 그리고 그 역시 시간이 부족하다고 했다. 이고르의 공연 이후로 지금의 트리오가 그 뒤를 이을 수 있을지 분명치 않은 데다, 이번 공연은 새로운 규모로 꾸려진 트리오를 위한 그의 첫 번째 연출이었다. 그러니 그에게도 혼자 생각할 시간이 필요했다. 그는 내 아버지의 직업을 생각해봤다고 했다. 그리고 내가 여기 온 다음 날 휴대전화로 보여주었던 의상들도 떠올렸다고 했다.

"그럼 안나를 셀로판지로 둘둘 싸고 납으로 된 신발을 신기기라도 하란 말이에요?" 내가 놀리듯이 말했다.

레옹이 말을 이었다. 그는 내가 만든 의상들을 높이 평가한다고 했다. 비록 그 영화에서 말하려는 심오한 의미를 제대로 다 이해하지 못했다는 건 인정하지만.

"그건 내가 만든 영화가 아니에요."

그가 피곤한 얼굴로 나를 바라보면서 자기 말을 좀 수용해달라고 했다. 나는 뭔가 냉소적으로 응수할 말을 찾다가 가까스로 생각을 고쳐먹고 말했다.

"그런 의상으로 뭘 말하려는 건데요?"

그는 단순한 것을 생각하고 있다고 대답했다.

"이리 와봐요." 그가 자기 방 쪽으로 날 데리고 가면서 말했다.

레옹의 방도 안톤의 방만큼이나 작았다. 작은 선반 위엔 DVD와 책들이 쌓여 있고, 창가에 놓인 식물들은 그가 이 방에서 지낸 지 꽤 오래되었음을 알려주었다. 게다가 천장은 온갖 크기의 음악 앨범 케이스들로 덮여 있어서 그것들이 깊은 그림자를 던져주고 있었다.

레옹은 내 복장을 힐긋 쳐다봤다. 더러운 데다 옷깃마저 말려 있는…… 그는 좁은 방바닥에 몸을 쭉 펴고 눕더니 내게도 그렇게 해보라고 말했다. 바닥이 싫으면 침대 위에 누워도 된다고 했다. 나는 그 말에 약간 마음이 상해서 그냥 그 옆에 누웠다. 그리고 주변에서 보는 슈퍼히어로 영화들은 아이들을 위한 심심풀이용이라고 생각한다고 짓궂게 말했다. 그는 내 얘기에 아랑곳하지 않고 무심한 표정으로 말하기 시작했다. 하늘을 바라보면 뇌가 긍정적인 감정으로 기운다고. 키 큰 사람들이 자신을 돌아보길 좋아하는 내성적 경향이 많은 건 아마도 그 때문일 거라고. 그런 성향은 모든 사람을 앞지르는 유전자에 첨가된 내분비샘의 현상이라고.

"왜 그런 말을 해요?"

"그냥 그렇단 얘기예요."

난 천장에 압정으로 고정한 그림들을 바라봤다. 새파란 풀밭 위의 암소 한 마리, 물속에서 헤엄치는 아기, 러시아어로 된 제목들, 로켓 사진들, 환각 상태를 연상시키는 색채들. 나는 음악을 별로 듣지 않는 편이라 80년대 음악 같은 것 외에는 전혀 모른다. 레옹이 내 쪽으로 몸을 돌렸다. 그가 말하자 그의 숨결이 지나가는 것이 느껴졌다.

"트리오의 공연이 우주 공간에서 이뤄진다고 상상해봐요. 무중력 상태에서. 단 한 번의 도약만으로도 안나는 영원히 무한대의 공간 속으로 튀어 오를 수 있겠지."

토마의 영화가 안나에 대한 아이디어를 줬다는 것이다. 안나는 로켓을 타고 우주로 쏘아 올려진 우주인, 바와 두 남자는 그녀가 어쩔 수 없이 되돌아오게 되는 지구.

"그건 뭘 이야기하려는 거죠?" 내가 다시 물었다.

그는 우리가 생각하고 있는 것을 반드시 어떤 이야기, 서술적인 것으로 전달할 필요는 없다고 말했다. 인간의 몸, 말하자면 중력에 굴복하는 신체를 떠올리게 할 수만 있다면 그것으로 이미 훌륭하다면서.

"그럼 공연 제목은 스필버그 영화처럼 '그래비티'라고 하면 되겠네요?" 그의 얼굴과 그토록 가까이 마주하고 있는 게 어색해서 나는 거북함을 피하려고 일부러 농담조로 물었다.

"글쎄요, 난 '별들의 전쟁'이 더 마음에 드는데."

레옹과 나는 함께 웃었다. 그리고 장난스럽게, 슈퍼

히어로 영화들 속에 나왔던 말도 안 되는 장면들을 비웃기 시작했다. 그러는 중에도 난 계속 그 주인공들이 입는 의상의 옷감들에 대해서 생각했다. 거의 무한에 가깝게 늘어날 수 있는, 그러면서도 적과 육탄전을 벌이는 순간 금방 찢겨버리는 그런 옷감. 가장 확실한 건, 아무것도 입지 않는 거라고 레옹이 말했다. 사실 어떤 인물들은 실제로 누드인데도 보는 사람들이 그렇게 생각하지 않는 경우가 있다고 했다. 초기의 바바르나 바르바파파처럼.

바바르? 바르바파파? 난 그게 뭔지 몰랐다. 레옹이 인터넷에서 이미지를 찾아 만화 속 주인공들인 알록달록한 귀여운 코끼리 가족과 서양배처럼 생기고, 형태를 자유자재로 바꿀 수 있는 이상한 생물의 가족을 보여주었다. 그러면서 그 캐릭터들이 내 또래의 인물들이라고 말했는데, 날 비웃는 건지 장난하는 건지 가늠할 수가 없었다. 어쨌든 그는 내가 어리다는 의미의 그 한마디로 우리 사이에 거리를 두었다.

난 다시 의상에 대해 생각했다. 안나는 편안함을 느껴야 한다. 옷이 꽉 조이지 않고 그녀의 동작과 혼연일치를 이뤄야 한다. 피부처럼 착 달라붙지만, 너무 꼭

끼지는 않게. 관객에게 안나의 몸을 보여주지 않으면서도, 보이게 만드는 것이 가능할까? 천장에 붙은 그림들을 자세히 관찰하면서 나 자신에게 물었다. 앨범 그림 중 하나가 시선을 끌었다. 자갈투성이의 평원에 등을 돌리고 있는 한 남자, 마치 그의 몸에서 동그랗고 새하얀 배들이 자라 나오듯이 빛나는 전구들로 가득한 의상. 그 옆에 펼쳐진 호수. 맞은편 수평선 위에 또렷하게 보이는 또 한 명의 남자, 마치 떠 있는 듯한 물체들, 날아오르는 한 떼의 새들 같기도 한 불분명한 물체들이 그 남자를 후광처럼 둘러싸고 있다.

레옹이 몸을 일으키더니 작은 테이블 앞으로 가서 노트를 펼쳐 들었다. 나도 책상다리를 하고 앉았다. 먼지 한 뭉텅이가 바람에 날렸다. 레옹은 다리를 꼬고서 글을 썼다. 가끔 그의 시선이 허공을 맴돌았다. 나는 벌떡 일어나며 말했다.

"좋아요, 나도 일하러 갈게요."

레옹이 말없이 고개를 끄덕였다.

어떤 이미지가 떠올랐다. 명료하게! 깨진 유리 조각을 박아 넣은 안나의 피부. 빛을 반사한다. 지구를 향해 끌리는 육체. 그녀가 지나간 빛의 흔적만 보인다. 그녀의 그림자와 반짝임. 난 빛의 의상을 형상화하기로 했다. 우선 내 도구들을 카라반으로 옮겼다. 방해받지 않고 일할 수 있도록. 표범 의상이 걸린 옷걸이 머리에 커다란 가위를 걸어놓았다. 그리고 손가락마다 금속 고리들을 끼워봤다. 거의 내 팔뚝만 한 길이에 끝이 뾰족한 박판이 달린 반지들이다. 나는 그것들을 아주 잘 다룰 수 있다. 그 무게도 잘 안다. 사람이 공중에 떠 있을 때는 어떻게 무게를 느낄까? 안나가 새로 만든 바 위에서 도약했을 때, 딱딱함의 근소한 차이가 1미터나 더 높이 뛸 수 있게 만들었다. 우주로 쏘아 올림, 공간 속의 정지, 지구로의 귀환. 내가 사용하는 의상 재료도 그들의 공연에 영향을 줄 수 있다는 생각이 스치고 지나갔다. 피부를 매끄럽게 하고, 신체를 가늘게 해서, 안나의 낙하 속도를 가속화한다, 그래서 그녀가 훨씬 빨리, 훨씬 멀리 날아오르게 돕는 것이다.

창문 너머로, 바삐 오가는 사람들이 보여요. 바람이 부네요. 사람들은 돌풍을 피하기 위해 머리를 잔뜩 수그리고 외투로 몸을 꽁꽁 감싼 채, 역으로 들어오는 전차를 타려고 종종걸음을 쳐요. 어제 집 앞 광장에서 시간을 보내다가 서커스단 트럭들을 보게 됐어요. 트럭들은 바로 그 광장에다 천막 공연장을 조립하기 시작했어요. 오후 내내 걸리는 작업이었죠. 쇠파이프로 된 다리들을 세우고, 말아놓은 케이블들을 풀고, 땅속에 말뚝을 박고, 그렇게 해서 땅거미가 지기 직전에 서커스 천막이 세워졌어요. 별들이 총총히 박힌 푸른색 천막이었는데, 매표소 컨테이너엔 큰 글씨로 '별빛'이라고 씌어 있더군요.

제가 마지막으로 서커스 공연장에 간 때는 러시아에 있던 해였어요. 그 서커스장은 이곳과는 완전히 달랐어요.

동부 시베리아의 부랴트 공화국에 있는 공연장이었는데, 어찌나 추운지 말똥마저 금방 굳어버렸더랬죠. 어제 무대에서 그들을 다시 보는 듯했어요. 잠시나마 제가 함께했던 친구들 말이에요. 아직도 그들의 얼굴이 눈에 선해요. 그 신비로운 미소까지도요. 서커스에서, 결과야 어떻게 되든 우린 집념을 갖고 함께 노력했으니까요.

12월 초. 단 하룻밤 만에 맹추위가 다가왔다. 기온은 더 이상 올라가지 않았다. 희미한 태양이 해안을 덮고 있었다. 전기료 고지서는 우리 몫이었기에 우린 각자가 쓰는 방과 구내식당의 난방만 사용하기로 했다. 낮 동안엔 둥근 유리 지붕이 부드러운 열기를 축적해두었다. 니노가 아주 긴 케이블을 무대 뒤쪽으로 연결해서 카라반 안에 전기난로를 설치해주었다. 밤이면 바람이 무섭게 울부짖었다. 얼음이 얼 정도로 추운 날씨 탓에 창문을 열지 못해서 탈의실은 늘 습기로 가득 찼다. 빨래도 잘 마르지 않고, 벽 모서리마다 물이끼가 끼었다. 어느 날 아침엔 문득 물이끼가 아름답게 보였다. 그게 벽을 질식하게 만드는 곰팡이란 사실을 떠올리기 전까지. 물이끼를 손으로 눌러보았다. 아직 단단히 붙어 있는지 확인이라도 하려는 듯이.

그들에게 의상을 입혀보았다. 남자들에게는 어두운 색을 기본으로 하여 위아래를 벨벳으로 통일했고, 머리엔 아무것도 쓰지 않게 했다. 키워드는 간결함. 검은 가죽 신발. 그 대신 줄자처럼 생긴 조명이 바를 잡은 손목부터 목까지 이어지게 해서, 안나가 만드는 빛의 자취가 바의 연장선인 듯한 착각을 일으키게 했다. 빛을 내뿜는 달, 안나. 라이크라(미국 뒤퐁사에서 개발한 스판덱스 섬유의 상품명—역주) 타이츠. 레옹이 주문한 LED 줄 조명이 모스크바로부터 도착했다. 난 그것을 안나가 입을 타이츠의 목에서부터 발목까지 조심스럽게 꿰맸다. 찢어지지 않도록 세심한 주의를 기울여야 했다. 그러려니 바늘구멍을 하나하나 신경 써야 했고, 때문에 시간이 꽤 걸렸다. 빛을 아로새긴 의상. 난 아주 늦은 시간까지 작업했다. 트리오도 이 새로운 의상 연출에 대해 감동했다. 낮에 빛의 효과를 시험해보자니, 카라반의 창문을 어둡게 해야 했다. 의상들을 여기저기 걸어놓았다. 창문에도, 차 문고리에도, 의자 등받이에도, 침대 위에도 옷걸이가 걸려 있다. 그들이 옷을 입어본 후에 나는 그 의상들을 철저하게 세탁하지 않았다. 그래서 그들의 냄새가 공간에 배어 있었다. 안톤의 냄새는 오래된 나무 지하실을 생각나게 했고, 니노는 담배 때문에 조금 시큼털털한 장과 냄새를 풍겼으며, 안나는 수분크림 냄새를 풍겼다. 땀 냄새는 모두 기본이고. 나는 몇 가지 단어를 계속 되뇌면서 일했다. 인력引力. 중력重力. 대기를 지나 지구를 향해 불타오르다. 분출하다. 안나 혜성, 운석, 우주 먼지. 블랙홀. 어둠 속의 공연. 공중제비 트리플 4회. 레옹과 함께 그들은 간단한 안무를 올렸다. 처음 두 번의 도약은 몸을 둥글게 말면서 공중제비 돌기. 그다음은 몸을 펴고 착지하기. 마지막은 옆으로 돌면서 착지하여 마무리하기.

　나는 슈가씨 사탕들을 좀 챙겨두었다. 포장지를 입술에서 떼지 않은 채 입안의 사탕들이 녹게 내버려두었다. 그렇게 해서 사탕이 완전히 녹는 순간, 입술 위의 재갈이 떨어지는 시간을 측정하는 놀이를 즐기는 것이다. 레옹이 음악을 선곡했다. 저음 악기. 음악이 머리를 어지럽게 했다. 그 소리를 듣고 있자니 왠지 배가 조여왔다. 안톤은 그들의 기술에 대해 걱정하는 한편 조명을 흐릿하게 하자는 아이디어를 석연찮아했고,

옷에 작은 전구들을 박아 넣는 것도 불안해했다. 그러면서 우리 공연은 밝은 데서 봐야 한다고, 특히 낯선 공연장 안에서 공중 묘기를 선보이려면 천장을 잘 볼 수 있게 해야 한다고 말했다. 레옹과 내가 그를 안심시켰다. 도약 외엔 그 어떤 것도 위험할 게 없다고. 레옹이 내게 차를 한잔 가져다주었다. 그는 우리 사이의 의사소통에 이전과 달리 관심을 많이 기울였다. 레옹과 내가 둘이서 그의 방에 있었을 때를 떠올려봤다. 그는 내가 치수도 재지 않고, 피부 접촉도 해보지 않은 유일한 사람이다. 그날 그와 그토록 가까이 있었건만, 난 그의 냄새를 모른다.

　우리의 장보기와 식사 준비는 이전보다 더 뒤죽박죽이다. 냉장고를 열자 소금물에 절인 피클, 오이, 레몬, 요구르트 등 시큼한 식품들이 몸을 으스스 떨게 한다. 하지만 안나의 크림 폭탄은 그 지방질을 떠올리자니 추위가 느껴지지 않는다. 요구르트가 색깔별로 잘 정돈되어 있다. 모두가 암묵적으로 그걸 존중했다. 그래서 난 아무도 안 볼 때만 요구르트를 먹는다. 괜히 신경이 쓰여서다. 그렇게 정리하기 시작한 사람이 나라는 사실을 그들이 아는지 어쩐지 모르겠지만.

난 제법 요리 실력이 늘었다. 토마는 아주 맛있는 양배추 수프를 만들 줄 알았다. 난 한참 망설이다가 그에게 문자를 보냈다. 레시피를 좀 보내줄 수 있느냐고. 토마가 금방 답장을 보내왔다. 내 물음에 기분이 좋았던 모양이다. 레시피에 따라 양배추를 씻어서 작은 크기로 썰고, 양파도 얇게 저몄다. 냄비는 어찌나 큰지 내 상체가 그 안에 빠질 뻔했다. 냄비에 물을 붓고 양배추를 던져 넣었다. 안톤이 자신의 작은 방에서 두 차례의 수공예 작업을 하던 중 잠시 식당에 내려와 내가 요리하는 걸 감독하고 갔다. 그는 최근 들어 자신의 작품들을 복도에 내놓기 시작했다. 방이 공예품들로 꽉찬 데다, 나무가 부족할 때면 은박지로 싼 골판지를 사용하는 탓에 방이 뗏목처럼 되어버렸기 때문이다. 새로운 재료를 사용해서인지 작품들은 점점 퇴화해가는 듯하다. 그는 때가 너무 늦어버렸다고 말했다. 겨울이 되기 전에 작업을 끝냈어야 했다는 거다. 지금이 바로 새들이 따뜻한 곳을 찾아가는 때이므로. 드디어 냄비에서 김이 새어 나온다. 창문을 열었다. 마침 그때 토마로부터 메시지가 왔다. '어떻게 됐어?' 뚜껑을 열어봤다. 양배추들이 서로 머리를 충돌하면서 부글부글 끓는 중이다. 불을 낮춰 양배추들을 좀 진정시켰다. 이제 양배추들은 가끔 가볍게 끓어오르며 동요하는 모습을 보인다. 난 그 사진과 함께 설명을 덧붙여 보냈다. '갑자기 떠오른 아이디어로 들끓는 소뇌.'

식사는 성공적이었다. 안톤이 배를 두드리면서 프랑스가 그립다고 말했다.

"Why do you miss France?" 왜 프랑스가 그립냐고 내가 재미있어하면서 물었다.

"I was in Nice. I liked weather. Nice weather." 니스에 있었는데 날씨가 맘에 들었다고 안톤이 말했다.

30년대 해군 패션에 선글라스를 낀 안톤이 자전거를 타고 해안을 따라 달리는 모습을 상상해봤다. 뭔가 어울리지 않는 것 같아 난 웃음을 터뜨렸다.

우린 다른 경쟁자들이 공연하는 영상들을 보기로 했다. 그들은 서로를 잘 알고 있었다. 그래서 서로 진지하게 비교해보기도 하고, 때로는 손뼉을 치고 웃으며 즐거워했다. 어떤 공중그네 곡예사가 평소보다 수준을 낮췄다는 걸 알아차리고 그들은 굉장히 웃어댔다. 난 이전에 비해 훈련과정 촬영을 제법 잘할 수 있게 되었다. 이제 그들은 밤에도 연습한다. 바 없이 무대에 올라가서 맨발로 안무 연습을 하고, 그룹으로 하는 퍼포먼스 훈련도 하고, 서로 상상의 공을 주고받는 연습도 한다. 손의 움직임이 엄청나게 빨랐다. 그들은 눈을 감고 무대 위를 걷기도 했다. 서로 살짝 스치기도 하고, 간혹 서로 닿으면 곧 마치 원자핵이 터진 것처럼 순식간에 서로 떨어져 정반대 쪽으로 가서 다시 출발한다. 그러는 동안 공이 튀어서 객석으로 떨어진다. 하지만 아무도 그것을 줍지 않는다, 공은 원래 존재하지 않는 것이니까. 조금 뒤 세 사람은 음악과 함께 다시 시작한다. 즐거운 표정을 지으라는 레옹의 지시에 따라 그들은 억지로 미소를 지었다. 나는 니노와 안나에게서 그런 기쁜 표정을 보는 게 좋았다. 하지만 안톤이 미소 짓는 표정은 나를 슬프게 한다. 늙은 어린아이 같다고 할까. 그리고 난 음악을 견딜 수 없었다. 아니, 음악을 이해할 수 없었다. 그 음악은 내가 트리오를 위해 상상했던 이야기와 전혀 맞지 않았다. 때로 레옹은 지휘를 멈추고 무대 가장자리에 앉아 손으로 턱을 괴고서 객석의 한 점에 시선을 고정했다. 그럴 때면 나는 카메라를 끄고 내가 짐작조차 할 수 없는 생각에 매달려 있는 그 남자를 바라본다. 그가 생각에 잠겨 있을 때는 내 고유의 작업을 중단하는 게 마땅할 것 같은 느낌이 들었다.

어느 일요일 아침 그 조화로운 평온이 깨졌다. 구내 식당에서 아침 식사 후 상황 분석을 하고 있을 때였다. 안개 속에 아주 둥글고 선명한 태양이 떠 있고, 바다는 안개 때문에 보이지 않았다. 나는 환기를 위해 창문을 열었다. 추위가 머리카락을 뻣뻣하게 만들었다. 울란우데로 출발하기까지 남은 시간은 딱 일주일. 바로 전날, 안나가 거의 성공적인 공연을 보여줬었다. 그런데 마지막 도약 직전 약간 망설인 것 때문에 그녀는 포기하고 말았다. 그래서 그날 아침 트리오는 이런 일이 또 발생할 경우를 대비해 한 가지 차선책을 마련하기로 했다. 어쨌든 지금까지 해왔던 것으로 만족하고, 트리플 4회를 하되, 2회를 한 다음 일단 땅에 내려왔다가 다시 올라가서 2회를 마저 하는 것으로 하자, 그것만으로도 안나는 여전히 최고의 선수들 사이에 낄 수 있다, 이렇게 얘기가 됐다. 그리고 레옹과 나는 오늘 열차표를 찾으러 갈 예정이다. 우리가 막 이런 결정을 내리고 났을 때 뜬금없이 새 한 마리가 날아와 유리창에 머리를 부딪쳤다. 그러곤 비틀거리며 불안정한 비행을 하더니 열린 창문으로 쑥 날아 들어와 테이블 아래 우리 발밑에 거꾸로 내리박았다. 새를 바라보면서 대체 무슨 일인가 하고 상황을 파악하기까지는 모두에게 시간이 조금 걸렸다. 고양이가 담요 위에서 천천히 몸을 일으켰다. 그러자 안톤이 얼른 숟가락을 집어 고양이에게 던졌다. 숟가락은 고양이 머리에서 불과 몇 센티미터 떨어진 곳에 닿았고, 그 바람에 고양이는 다시 움츠러들었다.

"미쳤어요?" 레옹이 깜짝 놀라서 외쳤다.

안톤이 어색하게 고양이 머리를 쓰다듬고는 곧 새 옆에 무릎을 꿇었다. 펼쳐진 날개가 믿을 수 없는 각도로 꺾여 있었다. 그런데 새의 두 날개는 몸에 비해 지나치게 커 보였다. 검은 새였다. 윤이 나는 깃털은 파충류의 피부처럼 반들반들했다. 난 한 번도 새를 그렇게 가까이서 본 적이 없었다. 새의 커다란 눈이 조금

무서웠다. 레옹은 그 새가 칼새라고 하면서, 이곳엔 칼새가 많다고 했다. 짧은 다리에 비해 턱없이 큰 날개로 인해 쉽게 알아볼 수 있는 이 새들은 바로 그 날개 때문에 땅에선 날아오를 수 없다고 했다. 그래서 이 새들에겐 곶이나 높은 해안 암벽이 필요하다. 칼새 중에는 10킬로미터 상공에서 암벽에 매달려 잠을 자고 지내며 지상에 내려오는 법 없이 평생 공중에서 사는 새들도 있다고 한다.

"그러니까 이 새가 땅에 있을 땐, 뭔가 문제가 생긴 거예요." 니노가 말했다.

나는 돔을 향해 머리를 들었다. 별안간 돔 꼭대기에 붙어 있는 금속 난간들이 마치 육식식물의 입처럼 보였다.

"아직 살아 있어요?" 안나가 물었다.

안톤이 두 손으로 새를 감싸고서 작은 새의 몸을 돌려봤다. 배에서 액체가 흘러나와 타일 바닥에 자국을 남겼다.

"으윽, 역겨워." 안나가 신음하듯 말했다. "장갑을 꼈어야죠."

"우선 좀 씻겨야겠어요." 니노가 말했다.

안톤이 사체를 가져갔다. 그는 울타리 뒤 모래밭에 새를 묻어주고 싶어 했다. 레옹은 걸레로 바닥을 닦고서 창 뒷면에 있는 얼룩을 가리키며, 그건 손대지 않아도 비가 오면 저절로 해결될 거라고 말했다. 하지만 그제야 깨달았다. 여기 온 이후로 한 번도 비가 오지 않았다는 걸.

다음 날, 내가 온 지 38일째 되는 그날, 안나는 도중에 내려오지 않고 계속 바 위에서 공중제비 트리플 4회를 성공시킨 세계 최초의 여자가 되었다.

화려한 크리스마스 장식으로 치장한 침엽수 한 그루가 역 대합실의 중심을 알려주고 있었다. 행인들이 큰 문을 밀고 들어올 때마다 매서운 바람이 불어닥쳤다. 거대한 천장. 우리의 발소리가 크게 울린다. 레옹이 창구에서 인내심을 갖고 기다리는 동안 나는 홀 안을 한 바퀴 돌아보기로 했다. 벤치 위의 검은 실루엣들. 그들은 그루지아 치즈 갈레트를 조금씩 뜯어먹으며 선로 쪽으로 나가는 옆문 반대편 구내식당에서 산 뜨거운 커피잔에 두 손을 녹이고 있다. 커다란 광고판이 바이칼 호수와 그곳의 토종 동물들인 바다표범, 물새, 물고기 등을 한껏 자랑하고 있다. 나이 든 한 남자가 휠체어에 허리띠를 졸라매고 앉아서 공허한 눈빛으로 광고판을 바라본다. 그는 손잡이를 아주 꽉 붙잡고 있다. 추위에도 불구하고 장갑을 끼고 있지 않아서 핏줄이 다 드러나 보인다. 아마도 아내인 듯한 여자가 유모차를 다루듯이 아주 조심스럽게 휠체어를 밀고 당기길 반복한다. 남자의 발이 바닥을 쓸고 있다. 가방을 잔뜩 짊어진 채 부모에게 입을 맞추는 소녀도 있다. 부모는 곧 떠날 딸을 놔두고 차마 발걸음을 뗄 수 없는 모양이다.

천장은 프레스코화로 덮여 있다. 블라디보스토크와 모스크바 풍경이다. 한쪽은 오렌지빛 바다 위로 항구, 선박들, 어부들이 보이고, 또 다른 쪽엔 붉은 광장과 나들이옷을 입은 부인들이 있다.

러시아의 모든 역에서 볼 수 있듯이 커다란 벽시계가 모스크바의 시간을 알려주고 있다. 모스크바의 시간은 유럽보다 조금 더 늦다.

창문으로 다가가서 유리창 밖을 바라보았다. 기차들. 그 너머로 멀리 보이는 항구. 미국으로 향하는 배를 타면 캘리포니아로 날 데려다주겠지. 거기서 더 나아가 북아메리카를 지나 대서양을 건너면 유럽에 닿게 될 터이다. 모레, 나는 울란우데로 가는 기차에 오른다. 이후 거기서 계속 기차를 타고 모스크바까지 갈 예정이다. 모스크바에서 키예브, 비엔나를 지나면 그제야 비로소 프랑스에 다다르게 된다. 이쪽으로든, 저쪽으로든 대륙을 하나 이상은 지나야만 프랑스로 돌아갈 수 있다. 그러고 보면 난 돌아가야 할 지점에서 가장 먼 곳에 와 있는 셈이다.

레옹이 다섯 장의 차표를 내밀었다. 황금빛 글자가 인쇄되고 코팅 처리가 된 그 차표 중 하나에 아나스타샤라는 이름이 있었다. 처음엔 실수로 잘못 찍혔을 거라로 생각했다. '안나'가 본래 이름의 약자라는 건 전혀 생각지 못했던 터라.

"안 가요?" 레옹이 추워서 떠는 시늉을 하며 나를 불렀다. "와, 여긴 바람이 너무 강해!"

내가 문 쪽으로 뛰어가자 그가 문을 열어줬다.

"안나의 숨소리를 녹음하고 싶어요." 밖으로 나오자마자 내가 말했다.

그리고 단숨에 얘길 꺼냈다. 지금 음악은 트리오의 연기에 전혀 어울리지 않는다, 음악이 모든 걸 망쳐버린다, 그러니 그 음악은 안 쓰는 게 좋겠다고 말했다.

레옹이 당황한 표정으로 나를 바라봤다.

난 빠르게 설명을 이어가기 시작했다. 우린 마이크를 사용할 수 있다, 기술적으로 그게 가능한지 모르겠지만, 트리오가 공연할 때 안나의 숨소리가 직접 들리게 했으면 좋겠다고 말했다. 사운드트랙을 사용하면 될 것이다.

"음악 없이 공연을 하자고?"

"숨소리를 배경음악으로 하는 거죠. 『잠수종과 나비』라는 책을 원작으로 한 영화에서처럼요. 그 영화에선 배우의 숨소리만 들리는데 마치 관객이 그의 몸속, 가슴속, 폐 안에 들어가 있는 듯한 효과를 내죠."

레옹이 갑자기 걸음을 멈췄다. 그리고 나를 바라봤다. 그러더니 한번 해보자고 말했다. 마침 머리나 피부에 장착시킬 수 있는 마이크를 갖고 있다면서. 시도해봐서 나쁠 건 없지. 그의 입술 한쪽 끝이 살짝 올라갔다. 만족스럽다는 듯이. 그는 생각보다 멋질 수도 있겠다며 정말 괜찮을 것 같다는 말도 덧붙였다. 그 말을 듣자 갑자기 복통이 느껴졌다. 정말 괜찮을지, 그건 나도 잘 모르겠다고 했다. 일단 시도만 해보는 거다. 우린 모레 떠난다.

안나가 현관에서 우리를 맞이했다.

"고양이가……."

우린 그녀를 따라 구내식당으로 갔다. 고양이가 누워 있었다. 숨쉬기가 힘든 것 같았다.

"오늘 밤을 못 넘길 거야." 안나가 말했다.

주방에서 식기세척기를 정돈하고 있던 안톤이 녀석을 칼새 옆에 묻어주고 싶다고 했다. 레옹이 냉랭한 말투로 고맙다고 말했다. "저 고양이 녀석, 죽기 전에 일찌감치 이런 아량과 친절에 고마워할 수 있었음 좋았을걸. 하지만 우린 그럴 시간이 없어, 벅은 그냥 육류쓰레기장으로 보내면 돼."

"레옹!" 안나가 버럭 소리를 질렀다.

마이크가 작동됐다. 우린 그녀의 숨소리를 가장 잘 포착할 수 있는 최적의 장소를 찾기 위해 안나에게 시험해봤다. 난 마이크를 안나의 이마에 부착할 생각이었다. 다른 잡음을 피하게끔 잘 붙어 있도록 해야 한다. 목덜미에서 등 쪽으로 이어지는 장식끈 안에 케이블을 삽입하여 옷에 꿰맬 생각이다. 그리고 배터리 케이스는 의상 안쪽, 허리 부근에 주머니를 달아 그 안에 넣을 것이다. 그러려면 반짝이는 의상의 상당 부분을 다시 뜯고 꿰매야 한다. 이번엔 작업하는 사람이 나였고, 그들은 옆에 있어주는 것 말곤 달리 나를 도와줄 수 있는 게 없었다. 나는 저녁 시간 내내 모포를 뒤집어쓰고 부지런히 손을 놀렸다. 안톤은 귀에 이어폰을 꽂고 온라인으로 체스 게임을 했다. 다른 사람들은 자신들의 물건을 챙겼다. 자정쯤 되었을 때 니노가 커피를 다시 데웠다. 안톤은 의자에 앉아 꾸벅꾸벅 졸았다. 안나가 그를 깨워 방에 들어가서 자라고 말했다. 레옹은 조금 더 고양이 옆에 남아 있다가 그 역시 자러 갔다. 안나가 내 테이블에 앉았다. 그녀는 인터넷을 보면서 화장을 하고, 머리 손질을 따라 했다. 새벽 1시가 되자 남자들은 모두 자러 갔다. 안나가 몸을 숙이고 내

작업을 지켜보면서 작은 전구들을 어떻게 의상에 고정했는지 설명해달라고 했다. 나는 강력 접착제를 보여주면서, 그것들을 붙인 후에 다시 실로 튼튼하게 꿰맸다고 했다. 그녀가 천천히 고개를 끄덕였다.

우린 이따금 고양이의 상태를 확인했다. 고양이는 조용했다. 의상을 입힌 상태에서 바느질을 마무리하려고 안나더러 옷을 입어보게 했다. 그녀가 얼굴을 찡그리면서 입고 있던 옷을 벗었다. 나는 안나가 무사히 머리를 집어넣을 수 있게 도왔다. 그녀의 머리카락이 정전기로 곤두섰다. 안나에게 미안하지만 잠시 팔을 들고 서 있으라고 부탁했다. "팔이 아프겠지만, 좀 참아줘." 안나가 어깨를 으쓱했다. 드디어 작업이 끝났다. 의상이 제대로 빛을 내는지 보기 위해 돔의 불을 껐다. 안나가 제자리에서 빙그르르 한바퀴 돌았다. 그리고 불안한 표정으로 나를 살폈다.

"어때?"

그녀는 부드럽게 반짝이는 빛을 발산했고, 유리창 위로 만화경 같은 모습이 비쳤다. 파란색의 진한 화장을 한 얼굴, 은빛 입술. 길게 드리워진 인조 속눈썹 때문인지 그녀는 잠자리 같은 느낌을 주었고, 왁스를 발라 땋은 머리 덕분에 그 느낌이 더 강조되었다. 복도의 불을 켰다. 안나가 탈의실로 쪼르르 달려가더니 환한 얼굴로 돌아왔다.

"고마워, 나탈리."

안나가 옷을 갈아입는 동안 나는 고양이를 보러 갔다. 고양의 눈동자가 흐릿해져 있고, 턱이 반쯤 열린 상태였다. 고양이를 만져봤다. 나는 심장이 마구 뛰었다. 고양이 몸이 싸늘했다. 담요를 들쳐보니 고양이 다리가 마치 서 있을 때처럼 빳빳해져 있다. 귀와 엉덩이에서도 액체가 흘러나왔다. 안나를 불렀다. 그녀가 화장을 반쯤 지운 얼굴로 다가와서 무릎을 꿇었다. 그러더니 손가락 하나를 고양이 눈에 갖다 대본다. 아무런 반응이 없다. 나는 당황한 얼굴로 안나를 바라봤다. "레옹을 깨울까?" 그녀가 고개를 흔들었다. "그는 쉬어야 해." 한밤중에 우리가 무엇을 할 수 있을까. 육류 쓰레기 하치장은 아침 8시나 되어야 문을 연다. 우린 고양이를 지켜봤다. 너무 말라서 머리가 삼각형이 되었고, 갈비뼈들도 모두 불거져 있다. 이곳에 도착하던 날이 생각났다. 계단 위에 있는 녀석을 보았는데, 불쾌감을 주는 모습이었다.

안나가 고양이의 발들을 둥글게 접는 동안 난 고양이의 코를 쓰다듬어주었다.

"눈은 어떻게 하지?" 내가 물었다.

안나가 고양이들은 눈을 감길 수 없다고 했다. "눈을 움직이게 하는 건 근육이거든."

"그래?"

그걸 모르는 사람은 없다고 안나가 말했다. 죽은 고양이 한 마리쯤은 모두가 보잖아, 그 죽음에 책임은 없어도 말이야. 안나는 잠시 망설이다가 나더러 접착제를 갖다 달라고 했다. 그녀는 다시 몸을 숙이고서 두 손가락으로 고양이의 한쪽 눈을 감긴 다음 위아래 속눈썹이 닿는 선을 따라 접착제를 발랐다. 그러고는 완전히 붙을 때까지 두 손가락으로 잡고 있었다. 곧 붙을 거라고 확신하면서. 완전히 붙으면 나머지 눈에도 바르겠다고 했다. 안나는 어렸을 때 자기가 지켜봤던 망아지들 이야기를 들려줬다. 간혹 어떤 망아지들은 아주 힘들게 태어나기도 한다고 했다. 고통받는 어미를 구하기 위해 암말의 배를 톱으로 잘라서 새끼를 꺼내야 할 정도로. 그럴 땐 새끼의 탄생과 함께 어미가 죽는 경우가 흔했다고 한다.

안나가 고양이를 담요로 감쌌다.

"불쌍한 꼬맹이." 그녀가 중얼거렸다.

안나는 몸을 일으키며 이제 가서 좀 자야겠다고 말했다.

일반적인 리허설. 트리오가 준비 운동을 하며 몸을 풀었다. 레옹이 그들의 허리띠 크기를 조정했다. 모두가 잠을 제대로 못 자서 초췌한 기색이다. 우리는 평소 일정보다 늦었다. 레옹은 아침 일찍이 벅의 사체를 갖고 나갔다가 버스를 타고 돌아오는 데 거의 두 시간이 걸렸다. 무대 위의 안나는 특별히 피곤한 모습이었다. 아침에 내가 몸 상태는 괜찮으냐고 물어보자 그녀는 걱정하지 않아도 된다고 했었다. 하지만 모두가 이렇듯 느릿한 태도를 보이는 것이 나로선 여간 신경 쓰이는 게 아니었다.

나는 관객들이 입장하는 문 쪽에서 한번 보려고 그곳으로 갔다. 6주일 전 처음 도착했을 때 이후로 그쪽에 다시 가본 적이 없다. 포스터들이 다 떼어지고 없는 휑한 복도를 따라 천장의 전등들이 따다닥 소리를 내면서 켜졌다. 원래 전등들이 있던 자리를 지금은 더 흐릿한 소켓 전구가 대신하고 있다.

다시 공연장 무대 옆으로 돌아왔다. 레옹이 영사기의 광도를 조절했다. 그리고 광도를 최대한 높였다. 그의 시선이 나와 마주쳤다. 빛이 너무 세서 난 얼른 눈을 감았다. 눈꺼풀 밑에 검은 얼룩점들이 나타난다. 유리창에 날아와 부딪친 새로 인해 생긴 얼룩, 미처 닦아내지 못해 그대로 남아 있는 그 얼룩처럼. 이고르가 생각난다. 그의 이미지가 안나의 이미지와 겹친다. 뼈가 부러진 채 무대 위에 쓰러져 있는 여인. 산산조각이 난 도자기. 고양이 위로 몸을 숙이고 있던 안나의 모습이 떠오른다. 해체했을 때의 바. 울란우데. 모든 게 뒤섞인다. 나는 고개를 떨어뜨리고 손가락으로 이마를 눌렀다.

"나탈리, 괜찮아요?"

니노가 무대 위에서 나를 보고 있었다. 난 눈을 찡긋하며 괜찮다는 뜻으로 고개를 끄덕였다.

"정말 괜찮아?"

안나가 러시아어로 안톤에게 무슨 말인가를 한다.

니노가 계단 좌석에 앉아 있는 내게로 올라왔다.

"안톤이 아무래도 당신은 밖에 나가 있는 게 좋겠대요." 니노가 부드럽게 말했다.

난 괜찮다고 되풀이했다. 그러자 안톤이 목소리를 높였다. 니노가 더 작은 소리로 말했다.

"내 생각에도 나가 있는 게 좋겠어요."

그리고 한마디 덧붙였다.

"안나를 위해서라도 그렇게 해요. 지금 몸 상태가 확실히 안 좋아 보여요."

그 말에 난 자동인형처럼 일어났다. 레옹이 복도 문까지 데려다주었다. 그는 내 시선을 피했다.

그들의 목소리가 나한테까지 들려왔다. 니노와 안톤이 다투고 있다. 안나도 영어로 끼어들었다. "모두 좀 진정하라고요, 제발." 아무도 상처받을 일이 아니었다. 난 계속 거기 있어야 할 의무가 없었다.

커다란 눈송이가 떨어진다. 눈이 마치 비 오듯 내린다. 우리가 함께한 시간이 습한 여름을 지나 눈송이에 젖은 겨울까지 이르렀다는 생각이 들었다. 난 카라반으로 돌아가 문에 기대서서 주위를 바라봤다. 작은 테이블 위에 놓인 작은 재봉틀. 화장실 문에 걸린 표범 의상, 가위, 양철 상자 안에 잘 정돈된 갖가지 크기의 옷핀들. 개수대 위에 뒤죽박죽으로 쌓여 있는 내 옷들과 건조된 과일 봉지들.

가방을 싸기 시작했다. 선물로 주려고 산 사탕 봉지들이 보인다. 한심하기는. 내 나이대 사람들은 대개 포도주나 치즈를 사는 법인데. 나뭇가지 달린 두 개의 모자도 포장했다. 추억 삼아 가져갈 생각으로. 천 조각들을 떼어내고 옷핀들을 제거했다. 옷핀들은 내가 뭘 잘라내야 했는지를 알려준다. 세관원들이 말도 없이 내 물건들을 만지려다가 핀에 찔리는 상상을 하는 것으로 만족하기로 했다.

구내식당으로 가는데 벽 너머로 안나의 숨소리가 들린다. 들숨, 날숨. 바에 접촉할 때의 충격으로 인한 진동까지 증폭되었다. 그들이 소리를 조정했다. 볼륨이 커진다. 숨소리가 점점 더 올라간다. 마치 무대 위로 솟구쳐 돔까지 올라가서 돔을 팽창시키고, 공연장 전체를 공중으로 날아오르게 하고 싶은 것처럼.

난 냉장고를 싹 비우고 청소를 했다. 마지막에 남은

건 휘핑크림이 들어 있는 병 하나뿐이다. 뚜껑을 열었다. 크림은 공기와의 접촉으로 약간 굳은 채 병 밑에 쌓여 있었다. 크림을 개수대에 쏟았다. 개수대 안에 새하얀 작은 언덕이 쌓인다. 병을 씻기 전에 언덕 위의 크림을 검지로 조금 찍어서 입가에 가져가본다. 크림이 혀를 부드럽게 감싼다. 타프타 천이 구겨지는 소리, 얇은 망사의 마찰음, 부드러운 모슬린의 감촉이 느껴진다. 그럴 생각은 없었는데 나도 모르게 삼켜버렸다. 병 주둥이에 묻은 크림을 핥아 먹고 나서 병 처분할 곳을 찾았다. 분리수거를 하기엔 너무 늦은 시간. 성가신 생각에 그냥 과감하게 병을 휴지통에 던져버리고 냉장고 전원을 껐다.

내가 며칠 묵었던 호텔의 레스토랑에 안톤이 예약을 해놓았다. 모두가 피곤하고 긴장이 쌓인 상태였음에도 불구하고 안톤은 고집을 부렸다. 여러분이 원치 않을 것 같으니까 난 안 갈래요, 하마터면 그렇게 말할 뻔했다. 우린 식당에 가기 위해 옷을 갈아입었다. 서로 아무 말도 하지 않았다. 내가 고른 버섯 수프는 아주 맛있었다. 그들이 먹는 시저 샐러드 위에 뿌려진 것과 마찬가지로 내 수프에도 크루통(작은 빵 조각을 버터나 기름에 튀긴 것―역주)이 잔뜩 들어 있었다. 고등학교 교과서에서 읽은 한 텍스트를 생각하면서 수프를 혀로 핥아보았다. 어떤 노부인이 독버섯 수프로 남편을 독살하는 이야기. 바이올린 연주자가 우리 테이블로 와서 세레나데를 연주했다. 그는 안나와 니노 쪽으로 몸을 향하고 있었다. 하얀 레이스 블라우스와 검은 셔츠를 입은 두 사람을 어울리는 한 쌍으로 여겼던 게 분명하다. 벽에 걸린 커다란 장식융단이 바이올린 소리를 흡수했다. 맞은편엔 스라소니의 머리를 가진 사람의 그림이 걸려 있었다. 우린 빠른 속도로 먹었다. 크루통에 소스가 채 스며들기도 전에, 크루통이 수프에 적셔지기도 전에.

밤이 늦도록 잠이 오지 않았다. 카라반의 창문을 통해 공연장 복도에 불이 켜지는 게 보였다. 파자마 위에 망토를 걸치고 나섰다. 복도 문이 열려 있다. 희미한 빛 속에서 계단 좌석 1열에 앉아 있는 니노가 보였다. 그 옆에 가서 앉았다. 그는 담배를 피웠다.

"금지된 거 아니에요?"

"맞아요."

복도 불빛이 무대 쪽으로 새어 나온다. 그 불빛은 우리 발밑까지만 비췄다.

"안나는 자러 갔어요?" 뭔가 할 말을 찾으려고 내가 물었다.

"네."

"안톤은?"

"내가 뭘 알고 있길 바라죠? 난 이제 안톤을 돌봐주지 않을 거예요. 내가 그의 아버지도 아니고, 아들도 아닌데."

"당신에게 뭐라는 게 아니에요."

"알아요, 미안해요."

난 담배 연기가 물결치는 것을 가만히 바라봤다. 그가 금속의 바닥 위에 담배를 문질러 끄더니 점퍼 주머니에 꽁초를 집어넣었다.

"미안해요." 니노가 다시 말했다.

"뭐가요?"

"조금 전에. 밖에 나가 있으라고 말했던 거요."

난 잠자코 있었다.

"안톤은 안전에 대한 강박감이 있어요."

"알아요."

"바 위에서 혹시라도 안 좋은 일이 생길까 봐 항상 두려워하죠. 안나가 안톤에게 말했거든요, 어젯밤 당신이 잠을 못 자서 걱정되고 신경이 쓰인다고요. 안나는 당신이 우리 훈련에 의무적으로 들어와야 한다고 생각하는 건 아닌지 늘 걱정했었어요. 그런데 이번엔 안톤이 그 말에 몹시 불안해하더라고요."

"안나가 그렇게 말했어요?"

"안톤은 듣기 좋게 말할 줄 몰라요. 그리고 난 통역을 제대로 못 하고요."

나는 그에게 군이 변명하려 할 필요 없다고 말했다. 난 그저 안톤과 한 번도 제대로 소통하지 못한 게 아쉬울 뿐이었다.

"심지어 안톤은 내가 자기를 대신해서 말한다는 것조차 눈치채지 못해요." 니노가 계속해서 말했다.

"당신 같은 사람이 옆에 있어서 안톤은 행운이에요."

니노가 어깨를 으쓱했다.

"안톤은 끊임없이 내게 말해요, 다른 파트너를 찾으라고."

"당신 생각은 어떤데요?"

"어쨌든 안톤은 평생 나를 원망할 거예요."

"왜요? 안톤이 당신에게 다른……."

"아뇨," 니노가 내 말을 끊었다. "내가 이고르를 잡으려고 했기 때문이에요."

난 그게 무슨 뜻인지 이해하려고 애썼다. 니노가 말을 이었다.

"우리가 이고르를 바로 받아내지 못할 거라는 걸 알

앞을 때, 난 모든 걸 내팽개치고 달려갔어요. 내 몸으로라도 받아서 충격을 줄여보려는 마음에. 그때 안톤은 꼼짝도 안 했어요."

나는 그 장면을 머릿속으로 상상해봤다.

"안톤은 이미 몇 번이나 경험한 적이 있었어요, 사고요. 그런 일이 있을 때마다 달려가서 사람들을 잡았더랬죠. 그런데 그때는 어떻게 된 일인지 모르겠어요. 그 순간은 분명 그 자신도 눈앞에서 벌어지고 있는 상황을 믿기 어려웠을 거예요."

그때 안톤이 움직였다면 상황을 바꿔놓을 수 있었겠느냐고 묻자 그는 모르겠다고 대답했다. 이고르는 7미터 높이에서 떨어졌고, 니노 자신도 갈비뼈와 손목이 부러졌었다. 그리고 이고르는 목뼈가 부러졌다. 살아 있는 게 기적이었다.

"당신이 그의 생명을 구한 거네요."

"글쎄요, 다시 말하지만, 모르겠어요."

난 길게 숨을 들이마셨다.

시간이 꽤 지나갔다.

나는 난방장치를 끈 후로 동물 냄새가 덜 난다는 점을 니노에게 상기시켰다. 그러자 그는 그런 냄새가 났

었느냐고 오히려 되물었다, 자기는 한 번도 못 느꼈다
면서. 난 더듬거려서 그의 손을 찾았다. 니노가 슬며시
손을 빼더니 내 어깨에 팔을 둘렀다.

"모두 준비가 다 된 건가요?"

"염려 말아요."

3

안나와 나는 네 사람이 들어가는 2등 칸 객실에 자리 잡았다. 남자들은 3등 칸에 있었는데, 거긴 좌석 사이 분리대가 없어서 바닥에 바를 내려놓고 지켜볼 수 있었기 때문이다. 우린 막 아무르강을 건넌 참이었다. 눈이 내리기 시작했다. 내가 침대 위 칸에서 자기로 했다. 짐을 베개 위에 걸린 그물망 안에 넣고 침대를 정리한 다음 내려가서 창가 쪽에 있는 안나 옆에 앉았다. 흩날리는 눈 때문에 더 이상 지평선이 구별되지 않았다. 침묵이 무거워지려는 찰나 나지막한 열차 소음으로 적막함이 깨졌다. 눈을 감자 다시 검은 얼룩들이 점점이 떠오른다. 얼핏 마르모트를 본 것 같다는 생각이 들었지만, 이내 그들은 겨울잠을 잔다는 사실이 떠올랐다. 그 얼룩은 눈부심으로 인한 증상일 뿐이었다.

차를 마시기 위해 우리는 열차 끝에 준비되어 있는 사모바르(러시아의 물 끓이는 주전자)에 물을 넣고 남자들을 찾았다. 그들은 군인들 무리에 섞여 있었다. 군인들은 몇 개의 간이침대 밑으로 길게 놓인 이상한 짐의 정체가 못내 궁금한지 과장된 어투로 말을 붙여왔다. 이 거인의 몸체는 대체 무엇이냐, 어디쯤 가야 이 괴물이 모습을 감추느냐고 물었다. 기차는 얼음으로 덮인 표지판들이 서 있는 역마다 어김없이 정차했다. 거의 이름 없는 장소들. 안톤은 플랫폼에 있는 아주머니들한테서 마른 생선을 샀다. 정차 시간이 짧은 탓에 거래는 창문을 통해 이뤄졌다. 열차 안에서 돈을 건네고 몸을 숙이면 마른 생선들이 창문으로 던져졌다. 그럼 우린 그것이 마치 살아 있는 물고기라도 되는 듯 열 손가락을 쫙 펼쳐 날아오는 생선을 덥석 잡아챘다.

"This is omoul." 안톤이 '오물'이라는 마른 생선이 들어 있는 망을 풀면서 먹어보라고 말했다. "Of Baikal. Try!" 바이칼의 명물이라며.

안톤은 이르쿠츠크와 바이칼 호수의 전설에 대해 그리고 그곳의 샤머니즘에 대해 말해주었다. 군인들이 초콜릿을 갖고 와서 합류했고, 우린 농담을 주고받았다. 몸 냄새에 뒤섞인 커피 냄새, 생선 냄새가 실내를 숨 막히게 했다. 대화가 점점 줄어들기 시작했다. 얼마 지나지 않아 우린 더 이상 말을 하지 않았다. 그냥 긴 의자에 줄지어 앉아 있었다.

울란우데까지 가려면 아직 이틀 밤, 이틀 낮의 시간이 더 걸려야 했다. 나는 이 시간에 이미지를 부여하고 싶었다. 말린 생선을 씹고 있는 안톤을 바라봤다. 제과점의 수많은 케이크 앞에서 당황하여 어쩔 줄 모르던 남자가 떠올랐다. 이 두 가지 이미지는 서로 연결이 되지 않았다. 그의 발치에 놓인 배낭 속은 나무로 조각한 새들의 작은 오두막이었다.

하루가 끝날 무렵 또 다른 군인들이 열차에 올라탔다. 안나와 내가 앉은 자리가 그들의 좌석이었다. 우리 자리로 돌아가야 했다. 한 여자가 아이의 요강을 들고 화장실로 향하며 복도를 지나고 있었다.

"그 신병들은 네가 마음에 드는 거 같았어." 내가 안나에게 말했다.

"별소릴 다 하네."

그녀의 두 볼이 붉게 물들었다.

맞은편 좌석에 부부가 들어와 앉았다. 여자는 배꼽이 드러나는 짧은 티셔츠에 몸에 꼭 맞는 보랏빛 폴리에스터 바지를 입고 있다. 회색빛 얼룩점이 있는 그들의 두꺼운 피부를 보는 순간, 블라디보스토크 역에서 본 광고판 속의 바다표범들이 생각났다. 여자가 가방을 열더니 십자말풀이 노트와 딱딱하게 얼어붙은 커다란 육포 접시를 꺼낸다. 안나가 그들과 몇 마디를 나눴다. 난 간이침대에 올라가 그들이 하는 얘기를 들었다. 안나가 내게 말해주기를, 부부가 닷새 걸리는 기차를 타고 예카테린부르크에 있는 딸을 만나러 가는 길이라고 했다.

남자가 양말을 신은 채 세면 손가방을 들고 복도로 나간다. 아내도 찻잔 두 개를 들고 그를 따라갔다. 안나가 얼굴에 크림을 펴 바른다. 난 그녀가 침대에 들어가기 전 알약 하나를 삼키는 걸 보았다. 부부가 돌아왔다. 아내가 고기 위에 따뜻한 물을 붓자 수증기가 창문을 뿌옇게 만들었다. 들척지근한 냄새. 고기 씹는 소리. 난 그 소리에 신경 쓰지 않으려고 슈가씨 사탕을 입에 넣었다. 안나는 그새 잠이 들었다.

여자가 잠꼬대를 한다. 나는 잠을 이룰 수가 없어서 일어나 화장실로 갔다. 텅 빈 복도. 거울을 보니 안색이 칙칙하다. 얼굴에 물을 뿌렸다. 뺨에서 물이 천천히 흘러내린다. 세면대의 하얀 마개를 막자 물이 고였다. 살짝 구토가 날 것 같았다. 기차가 덜컹거려서인지, 사탕 때문인지 알 수 없다. 복도 창문의 커튼을 열었다. 옷감의 올이 풀리듯이 하늘이 지나간다. 별들. 열차를 제외하곤 모든 것을 꽁꽁 얼어붙게 만드는 시베리아의 밤. 가늠할 수 없는 냉기. 침대로 돌아갔다. 매트리스에 몸이 닿자 상처가 타는 듯이 따갑게 느껴진다. 목덜미의 상처를 치료하지 않은 지 일주일이나 되었다. 작은 테이블 위에 얼린 고기가 남아 있다. 기름기가 표면에 굳은 채. 여자가 들고 있던 숟가락으로 찔렀을 때

나던 마찰음이 그 고기를 만져보고 싶게 했었다. 미지
근할까 아니면 뜨거울까, 오톨도톨한 느낌일까, 몽클
몽클한 느낌일까? 손가락이 쉽사리 푹 들어갈까? 일
생에 우리가 만질 수 있는 온갖 다양한 옷감의 총수를
계산해보는 건, 과연 가능할까?

갑자기 궁금해진다. 아버지가 밤사이에 나를 시골
로 데리고 가기 위해 수면제를 먹였던 건 잘못된 행동
이었을까? 난 항상 아버지가 나를 보호해줬다고 생각
했다. 아버지는 아주 늦게까지, 그러니까 내가 청소년
이 될 때까지 도로 편에 서서 내 손을 잡고 걸었었다.
그런 행동이 날 무척 거북하게 했고, 그래서 사람들이
나를 아버지의 여자친구로 오해한 적도 있었다. 마지
막으로 아버지를 만났을 때 난 아버지의 키가 좀 줄었
다는 걸 깨달았다. 몸이 약간 굽은 것이다. 난 그걸, 아
버지가 공부하느라고 보냈던 그 긴 시간 탓으로 돌렸
었다. 미세한 것들을 보느라고 늘 등을 구부정하게 숙
이고 있었으니까. 그때 난 언젠가 아버지도 나도 둘 다
미립자가 되고 말 거라고 소리치고 싶었다.

다음 날, 풍경이 황량해졌다. 공장들이 있었던 흔적과 비틀거리며 걷는 두루미들이 보인다. 죽은 도시들의 급수탑. 발동기용 연료를 기다리고 있기라도 하듯 평원에서 길을 잃고 서 있는 비행기들. 인간의 흔적이 보이는 데라곤 철도를 따라 이어지는 작업장들뿐이다. 작업모에 노란 장갑을 끼고, 먼지를 막기 위해 입과 코에 머플러를 두른 노동자들이 눈에 띈다. 열차가 호수를 따라 도는 중이다. 객실에 앉아 기차의 꼬리를 볼 수 있는 유일한 기회, 그 커브 길에서 나는 창문에 얼굴을 갖다 댔다.

하바롭스크에서 플랫폼에 내린 안나와 나는 음료수 자동판매기 앞에서 남자들을 만났다. 두 개의 상표가 눈에 띈다. USSR과 코카콜라. 난 다른 사람들을 계속 주시했다. 다들 그룹 지어 있다. 열차가 당장이라도 떠날 수 있으니까.

두 번째 밤, 옷을 벗고 있을 때 안나가 내 등의 마른 버짐을 봤다.

"더 퍼졌어." 그녀가 말했다.

나는 집에 돌아가면 크림을 살 거라고 우물거리며 말했다. 안나가 머리를 흔들면서 자기 크림을 써도 된다고 말했다. 그러고는 자기 세면 가방을 뒤져서 크림 통을 꺼내더니 나더러 등을 돌리고 서라고 했다. 난 작은 가제 수건을 내밀면서 안나가 시키는 대로 했다. 안나는 그 수건을 밀쳐내면서 나보고 성격이 까다롭다고 말했다. 그녀가 손으로 직접 크림을 펴 바르면서 물었다.

"심각한 거야?"

나는 고개를 저으며 스트레스를 많이 받을 때만 생긴다고 답했다. 안나가 크림 통을 닫았다.

"그나마 다행이네."

울란우데에 도착. 승객들이 뒤뚱거리며 열차를 빠져나갔다. 엄청나게 긴 층계가 선로에서 역까지 연결되어 있다. 무빙워크는 없다. 숄과 목도리를 두르고, 꽁꽁 언 땅 위에서 가방을 끌고, 등에는 배낭을 멘 채 가쁜 숨을 쉬는 수많은 무리 속에 섞여서 천천히 올라간다. 공기를 빵빵하게 주입한 코끼리 풍선이 서커스 페스티벌로 가는 버스를 가리키고 있다. 페스티벌이 열리는 공연장은 시내에서 몇 킬로미터 떨어진 곳에 있다고 했다. 열차를 타고 오는 동안 잠을 거의 자지 못했던 나는 버스 안에서 멍하니 창문 밖으로 시선을 던졌다. 시청 광장. 광장 건물들의 벽이 아침 햇살을 받아 반짝거린다. 버스보다 더 큰, 거대한 레닌의 머리 동상도 잠깐 스쳐 지나갔다. 곧이어 대평원까지 이어진다는, 경사진 대로가 나타났다.

우린 강변을 따라 걸었다. 안톤이 옆에서 손가락으로 셀렝가강을 가리키며, 강을 따라가면 그의 고향이라고 말했다.

"Selenga river. You can follow it to my village."

얼마 가지 않아 평원에 세워진, 서커스 공연장과 카라반들을 표현한 모자이크가 보였다.

바쁘게 오가는 특수기술자들. 들뜬 분위기. 밀집한 사람들. 떠들썩한 소리. 버스에서 내리자마자 안톤과 니노의 인기와 명성을 실감할 수 있었다. 그들은 수많은 아티스트들과 인사를 나누며 가벼운 포옹을 했다. 사람들이 그들에게 와서 사인을 요청하기도 하고 함께 사진을 찍기도 했다. 그런 모습을 보고 있으려니 자랑스러운 기분이 들었다. 한 무리의 아이들이 안톤 주위로 몰려들었다. 그는 아이들을 차례로 한 명씩 자기 손바닥에 앉혀놓고 들어 올리며 아이들을 흥분시켰다. 니노가 안톤에게 서두르자고 말했다. 두 사람은 제일 안쪽에 자리 잡은 공연장 건물로 가서 공연자 등록을 해야 했다. 그곳까지 가는 도중에 니노가 공연장의 배치를 하나하나 세심하게 살피면서 분석하는 걸 보았다. 그는 안톤과 이야기를 주고받으며 자기 부모님에게 공연장 모습이 어떤지, 조명의 재료가 얼마나 새로운지 알려줘야겠다고 했다. 안나는 반대편에서 몰려들어오는 사람들을 계속 훑어보았다. 몽골인의 이목구비를 가진 사람들과 창백할 정도로 흰 피부를 가진 사람들이 뒤섞여 있다. 대부분 외투를 입고 있어서 진한 무대 화장과 헤어스타일만이 공연자인지 방문객인지를 구분할 수 있게 해주었다. 페인팅한 얼굴, 이상야릇한 피조물의 모습들. 모직으로 안을 덧댄 담요를 등에 걸치고서 코털까지 얼어붙은 모습으로 빠르게 걷는 기마곡예단의 행렬도 있었다.

안톤과 니노가 사무실에서 등록을 확인하는 동안 레옹과 안나와 나는 밖에서 기다렸다. 안나가 푸드 트럭에서 햄버거를 사다주었다. 누가 봐도 술에 취한 한 남자가 그녀의 귀에 대고 몸을 숙였다. 레옹이 즉시 안나에게 다가가서 보란 듯이 그녀의 허리에 팔을 둘렀다. 안나는 화를 내는 시늉을 하곤 곧 레옹에게 연기가 꽤 괜찮았다고 말했다.

"어떤 프로그램들이 있는지 한바퀴 둘러봤어." 공연자들의 몸을 녹이기 위해 마련된 공간에서 우리가 햄버거를 먹고 있을 때 니노가 와서 말했다. "다행히 여긴 그룹 퍼레이드가 없대. 그러니까 공연만 하면 돼. 우린 줄타기 공연이 끝난 직후에 두 번째로 나갈 거야. 그런데 줄타기 곡예사가 공연할 때 연무기를 사용할 거라는군. 우리가 시야를 확보하는 데 지장이 있을까 조금 걱정이 되긴 한데, 공연이 끝나고 줄을 제거하는 사이에 연기는 다 사라질 거 같아. 우리 팀 무대기술 리허설은 오후 4시에 있어. 지금 안톤과 나는 이 지역 신문기자와 인터뷰를 하러 갈 거야."

우리는 기술 리허설을 위해 무대 위로 가보자는 데에 합의를 봤다. 그때 니노가 이어폰 케이스를 건네주었다. 공연에 관한 설명을 동시통역으로 듣고 싶을 때를 위한 것이었다.

분장실은 내가 여태껏 느껴보지 못한 진한 열기로 가득했다. 수십 명의 사람들이 커버를 씌운 의상과 화장품 케이스, 헤어스타일 용품 가방을 들고 분주하게 움직였다. 안나와 나는 화장대가 줄지어 늘어서 있는 분장실에서 한 좌석을 찾았다. 화장대마다 가장자리를 전구로 둘러싼 커다란 거울이 있었다. 그곳에선 통풍관과 헤어드라이어로 인한 소음이 끊이지 않았다.

"난 옷 갈아입을게." 안나가 수줍은 목소리로 말했다.

그 시간을 이용해서 난 천막의 틈 사이로 무대를 들여다봤다. 깊은 바닷속 배경. 인어 한 마리가 천장에서부터 내려온 긴 리본 같은 해초로 몸을 감고 있다. 인어의 발밑에 깔린 양탄자가 모래와 조약돌 같은 착각을 일으켰고, 그 양탄자 위에서 뱀으로 분장한 남자가 경련을 일으키고 있다.

나는 안나에게 완전한 화장을 해주지 않았다. 블라디보스토크 서커스장보다 훨씬 큰 이 공연장 안에서 겨우효과를 낼 수 있을 정도로만 그쳤다. 오늘 밤 본 공연이 있기 전, 그때 공들여 제대로 화장을 할 작정이다.

안나는 전화기에 대고 줄곧 고개를 숙이고 있었다. 그래서 그녀에게 제발 전화기 좀 내려놓으라고 말해야 했다. 눈화장을 할 수 없었기 때문이다. 안나는 아버지 전화라서 그랬다고 설명했다. 아버지에게서 전화가 왔는데, 방금 도착했으며, 언제 만나 볼 수 있는지 물었다고 했다. 안나가 전화기를 끄면서 공연이 끝난 후에 다시 통화하겠다고 말했다. 지금은 공연에만 집중할 때다.

　깊은 바닷속 배경이 검은 양탄자로 대체되면서, 영사기가 우리 공연에 필요한 어슴푸레한 하늘을 보여주었다. 빛으로 덮인, 몸에 착 붙는 타이츠를 입은 안나가 사방으로 빛을 뿜었다. 큰 기둥에 기대서 있는 안톤과 레옹의 실루엣이 보였다. 니노는 아직 케이스에서 꺼내놓지 않은 바 위에 앉아 있었다.

　그들은 의상을 입지 않았다.

　"마이크를 사용할 수 없대." 니노가 와서 알렸다.

　난 그가 하는 말이 얼마나 심각한 건지 가늠해보려고 애썼다.

　"주파수 문제 때문에 그렇다는군." 레옹이 설명했다. "우리 주파수가 페스티벌 시스템과 맞지 않는대."

　안나가 기술자들이 있는 곳을 향해 눈을 들었다. 그녀가 움직이자 옆에 있던 안톤의 얼굴이 빛으로 환해졌다.

　"이 정도 규모의 페스티벌인데, 어떤 해결책이 있지 않을까?" 안나가 말했다.

레옹이 고개를 저었다. "그러게 말이야." 그는 막 책임자와 이야기하고 오는 길이었다. 국제 라디오와 텔레비전 방송국들이 모든 주파수를 다 차지하고 있다고 했다. 그래서 주파수 충돌이 일어날 위험 때문에 마이크 사용이 불가능하다는 것이다. 방법이 없다. 그 생각을 미리 했어야 했는데. 우리가 마이크를 사용할 거라는 사실도 좀 더 일찍 주최 측에 알렸어야 했다고 레옹이 말했다.

마이크 사용은 이곳으로 떠나오기 직전에 결정된 것이었음을 내가 상기시켰다.

"그렇긴 하지만 일이 이렇게 된 걸 어쩌겠어요." 레옹이 화를 내며 말했다.

난 재빨리 생각했다. 마이크를 사용하자는 건 내 아이디어였고, 그 생각을 해낸 건 거의 마지막 순간이 되어서였다. 그러니 내가 끼어들기 전처럼, 애초에 예정했던 음악을 사용하면 아무 문제 없는 것 아닌가.

"Of course no." 안톤이 반대했다.

"왜 안 돼요?"

안나와 내가 합창하듯 말했다.

"Security." 그는 안전 때문에 안 된다고 했다.

안톤은 공연을 함부로 그렇게 막 바꾸는 건 대단히 위험하다고 분명하게 말했다. 사고를 부를 수 있다고.

잠시 침묵이 흘렀다.

안톤이 선언하듯 말했다. 내년에 다시 오자고. 더 훌륭한 실력으로. 트리플 5회의 기술을 갖고서.

안나가 팔짱을 끼고는 계단 쪽으로 걸어갔다. 짙푸른 화장 때문에 그녀의 표정을 제대로 볼 수 없었다.

기둥 꼭대기 플랫폼에서 기술자들이 우리를 향해 몸을 굽혔다. 리허설을 하지 않고 왜 토론만 하고 서 있느냐는 표정이다.

"오늘 저녁 공연을 기대하고 온 관객들 봤어요?"

무대의 다른 쪽 끝에서 안나가 부드럽게 물었다.

난 남자들을 바라봤다. 어쨌든 그들은 지금 포기하지는 않을 것이다. 그들은 준비가 되어 있다!

"우린 준비가 되었어." 니노가 말했다.

씁쓸한 표정을 하고서 그가 턱으로 기둥 위를 가리키며 말을 이었다.

"저들이 준비가 안 된 거지."

안나가 반짝이는 눈으로 고개를 돌렸다.

"그래도 우리, 퍼레이드는 할 수 있죠?"

"퍼레이드?" 레옹이 말했다.

"관객들에게 인사하는 거예요. 그러고 나서 떠나죠. 표범 의상을 입고 해보자고요."

안나가 자기 의상과 남자들 의상, 그리고 모자와 나뭇가지 장식이랑 전부 갖고 왔느냐고 물었다. 난 고개를 끄덕였다.

"그건 좀 웃기는데." 니노가 말했다.

"그 의상이 얼마나 멋진데." 안나가 응수했다.

"아니, 내 말은 퍼레이드만 하는 게 그렇다는 거야."

"우리가 블라디보스토크에서 일주일 동안 했던 게 그거잖아."

"그거랑은 다르지!"

안나가 안톤에게 말했다.

"난 내년에 어떻게 될지, 여기 다시 올 수 있을지 알 수 없어요."

그녀가 안톤을 똑바로 바라보았다. 안톤이 계속 안나와 시선을 마주하고 있더니 마침내 니노에게로 몸을 돌렸다. 니노는 바를 쳐다보면서 안나에게 말도 안 되는 소리 하지 말라고 했다.

한참 만에 안톤이 결국 좋다고 했다. 그들은 오늘 밤

공연을 하지는 않겠지만 관객에게 인사를 하기 위해 무대를 한바퀴 돌 것이다. 전통을 존중해서.

또다시 침묵.

안나는 나의 첫 번째 의상을 입어볼 기회라고 덧붙였다. 네 사람의 시선이 내게로 쏠렸다. 난 그 자리에서 사라져 없어졌으면 싶었다.

니노가 천천히 고개를 끄덕였다.

"그게 음악 문제를 해결해주진 않아." 레옹이 힘주어 말했다.

안톤이 주머니에서 휴대전화를 꺼내더니 한번 들어보라며 뭔가를 틀었다. 스피커가 작동하지 않아서 볼륨을 최대한 높였다. 우린 몸을 숙이고 귀를 기울였다. 「마이웨이」. 난 그 곡의 멜로디를 금방 알아들었다. 러시아 버전의 아주 느리고, 싸구려 유행가처럼 들리는 노래였다. 안나가 코를 찡긋하며 말했다.

"이게 뭐예요?"

"내가 안톤을 알게 된 이래로 그는 한 번도 빼놓지 않고 공연 전에 이 노래를 들었어요." 니노가 말했다.

"진심이에요?" 내가 물었다.

"I like this song." 안톤은 이 노래가 좋다고 말했다.

안나가 웃었다. "그러니까 이 곡에 맞춰 행진을 한다고?" 그러고는 레옹을 향해 말했다. "우리 연출가께서는 뭐라고 하실까?" 그 또한 어이없다는 듯 두 팔을 벌리고 웃기 시작했다. 쓴웃음을 지으며 레옹은 이런 안무곡은 한 번도 무대에 올려본 적이 없다고 말했다. 그러는 사이에 살구색 타이츠를 입은 커플이 도착했다. 무대를 비워줘야 했다.

"진심이에요?" 내가 또 한 번 물었다. "당신들 대체 뭘 하자는 거예요?"

우리가 무대에서 내려왔을 때는 이미 결정이 나 있었다. 마이크 소리와 빛의 의상은 다음 기회를 위해 남겨두기로 했다. 이제 그들은 표범과 숲의 의상을 입을 것이다. 그들은 바 없이, 안톤이 선곡한 「마이웨이」에 맞춰서 무대에 올라갈 것이다. 주최 측에서는 그 음악을 컴퓨터로 쉽게 틀어줄 수 있을 것이다. 세 사람은 서로 손을 잡고 무대 중앙까지 나아갔다가, 그곳에서 각자 다른 방향으로 흩어져 관객들 앞에서 한 바퀴 돌 것이다. 그리고 한가운데서 다시 만나 함께 무대 뒤로 돌아올 것이다.

안나가 거울 앞에 앉았다. 그녀는 입술의 루주를 닦고 찌푸린 얼굴을 하면서 얼굴의 긴장을 풀어주었다. 나는 새로운 색조 화장을 준비했다. 그러나 그녀가 내 동작을 멈추게 했다. 화장을 원치 않는다면서. 이번엔, 화장 없이 나가고 싶다고 했다.

"정말?"

"응."

안나가 화장을 지우는 동안 나는 그녀의 머리를 손질했다. 하나로 꽉 묶어서 뒤로 틀어 올렸다. 그리고 표범의 귀가 달린 헤어밴드를 고정했다. 손질이 다 끝나자 그녀는 급히 휴대전화를 들여다봤다. 우리 둘의 시선이 거울 속에서 마주쳤다.

"안나, 정말 아름다워."

그녀가 일어나서 한 손을 허리에 대고 말했다. 자기는 아름다워야 할 필요가 없다고.

중앙 입구에서 관객이 몰려 들어와 공연장 안을 빼곡하게 채웠다. 막 계단 좌석 쪽으로 가려는데 레옹이 내 손을 잡고 밖으로 데리고 나가더니 내 목에 특수효과 기술자들의 신분증 목걸이를 걸어주었다. 걸어가면서 그가 설명했다. 이곳에서 옛날 동료를 만났는데 그가 도와주기로 했다고. 우린 무대 뒤편에 있는 직원용 출입구를 통해 공연장 안으로 들어갔다. 레옹은 안전등의 희미한 불빛을 따라가면서 기둥 밑으로 나를 안내했다.

"올라가요." 레옹이 등 뒤에서 속삭였다.

그는 내 뒤로 바짝 다가와서 내 두 손을 사다리 위에 올려놓았다. 난 까마득하게 멀리 보이는 바닥을 생각하지 않으려고 애쓰면서 사다리를 올라갔다. 마침내 높이 10미터의 꼭대기 층계참까지 이르렀다. 그곳에서 한 남자가 우리를 기다리고 있었다. 그는 우리에게 안전벨트를 매라고 했다. 이어 안전벨트의 쇠고리를 기둥에 걸고는 잘 연결되었는지 확인한 뒤에 내 허리를 조였다. 공중 곡예사의 줄이 우리가 있는 승강대에 연결되어 있다는 걸 알고 나는 현기증이 더 심해졌다. 객석은 가득 차 있었다. 위에서 보니 관객들이 아주 작게 보였다. 레옹이 내 뒤에 구부정하게 웅크리고 선 채 한 손을 내 배 위에 올려놓았다. 우리가 함께 올라온 후로 그때까지 그의 몸이 내 몸과 접촉한 적은 한 번도 없었다. 기술자가 공중 곡예사에게 신호를 보냈다. 난 맞은편 기둥 꼭대기에 서 있는 공중 곡예사와 마주 보게 되었다. 곡예사는 하얀 의상을 입고 있었다. 잔뜩 부풀린 바지. 그가 허공으로 다가갔다. 객석에 불이 꺼졌다. 이제 빛은 공중을 가로지르는 줄 하나만 비추었다. 바이올린 소리가 높아졌다. 나는 통역기를 작동시켰다. 망설이는 듯한 남자의 목소리. 나는 곧 이어폰을 뺐다.

"무슨 문제 있어요?" 레옹이 물었다.

"러시아 악센트예요. 악센트가 너무 강해서 무슨 말인지 통 못 알아듣겠어요······."

관객이 연기구름 속으로 사라져 보이지 않았다. 나는 커튼 뒤에서 기다리고 있을 우리의 트리오를 상상했다. 연기가 차츰 걷혀갔다. 나는 겁이 나서 레옹의 손을 잡았다. 그의 손이 내 배를 조금 더 세게 눌렀다.

공중에 있는 줄의 맞은편에서 공중 곡예사가 줄을 타고 건너오기 시작했다.

페스티벌 다음 날 우리는 역에서 헤어지며 꼭 다시 만나자고 약속했어요. 하지만 그게 결국 마지막이었죠. 이듬해 세계 서커스 경연대회에서 그들은 챔피언이 됐어요. 처음엔 인터넷으로 종종 연락을 주고받았어요. 하지만 아무래도 멀리 떨어져 있으면 어떻게 되는지 알고 계실 거예요. 자연스럽게 소원해지다가 끝나게 되죠. 게다가 전 주소도 몰라요. 그들은 거주지를 항상 옮겨 다니니까요. 심지어 전 그들의 이름만 알 뿐, 성을 한 번도 들어본 적이 없어요. 제게 그들은 그저 안나, 레옹, 안톤, 니노일 뿐이에요. 그들이 어떻게 되었는지는 잘 몰라요. 아직 서커스를 하고 있는지 어떤지. 지금은 안톤, 그러니까 나이가 제일 많았던 그 사람이 이미 사망했다는 것만 알아요. 그런데 왜 아버지한테 이 이야기를 하고 있는지 모르겠네요.

줄곧 생각하고 있던 게 있어요. 아버지가 스위스에 있는 걸 갑갑하게 느끼신다는 거, 저도 잘 알아요. 하지만 스위스는 그렇다 해도 유럽으로 돌아오고 싶은 생각조차 없는 건 아니죠? 이제 아버지도 시간 여유가 있으니까, 우리 서로 더 자주 볼 수 있을 거예요. 아버지가 그 먼 곳에 혼자 계신 게 마음에 걸려요. 아버지가 편하게 계실 수 있는 장소에서 보고 싶어요. 여기에도 하늘은 있어요, 들판도 있고. 스페인, 벨기에, 프랑스 그리고 그 밖의 다른 곳들…… 한번 생각해보세요, 아버지. 기다릴게요. 신호만 보내시면 제가 역에서 기다릴게요.

몸 건강히 잘 지내세요.

나탈리

추신: 오늘 저녁에 방울새 수천 마리가 우리 동네 광장에 왔었어요. 새들이 서커스 천막 문에 서 있는 관객들 주위를 날아다녔죠. 그런 광경은 처음이었어요. 불이 켜지지 않은 초롱들, 천막의 꽃장식들, 쌓아놓은 짐들, 전선 등 도처에 새들이 내려앉아 있었어요. 혹시 새들 가운데 닐개가 너무 커서 땅 위에선 혼자 힘으로 날아오를 수 없

는 그런 특별한 새가 있다는 거, 알고 계셨어요? 그 새들은 항상 공중에 있어야 한대요. 땅 위로 내려앉지 않고 일생을 공중에서 사는 경우도 있다지 뭐예요. 우리 머리 위, 상공 10킬로미터 높이에서 잔다는 거예요.

하늘과 땅 사이에 매달려 있는 그 작은 몸들을 떠올릴 때면 저도 모르게 미소 짓게 돼요. 그 새들 중에도 날기 전에 떨어지는 것부터 먼저 배우는 녀석들이 있겠구나 싶어서요.

우주로 쏘아 올린 빛처럼 더 힘찬 도약을 위하여

'날 기다리는 사람이 없구나, 그렇게 생각했다.'

아무도 기다리는 사람이 없는 낯선 곳, 시베리아 동부의 끝자락 도시 블라디보스토크의 서커스 공연장은 화자인 나탈리에게 꽤 불편한 세계다. 모든 게 정리되어 있지 않으면 일을 시작할 수 없고, 기숙사에서조차 따로 방을 썼던 그녀에게 '모두 한데 모여 북적거리면서 사는 복잡함'은 낯설기만 하다.

그런 세계 속에서 나탈리는 작은 공동체를 만난다. 이 소설은 '러시안 바'의 공중제비 트리플 4회 성공과 울란우데 서커스 경연대회의 우승을 목표로 하는 트리오와 연출가, 그리고 서커스에 문외한인 무대 의상 제작자가 함께 보낸 두 달의 시간을 그리고 있다. 그 시간 속엔 극적인 사건도, 반전도 없다. 그저 매일 있는 집중적인 훈련을 중심으로 소소한 일상이 흘러갈 뿐이다. 간간이 느껴지는, 서커스 아티스트들의 두꺼운 화장 뒤에 숨어 있는 왠지 모를 약간의 서글픔과, 털이 없는 바짝 여윈 고양이 벅이 불러일으키는 약간의 애처로움과, 하루가 끝나가는 즈음 비스듬히 비치는 햇빛에서 묻어나는 약간의 쓸쓸함, 그리고 시베리아의 겨울을 통과하는 기차의 차창 밖 풍경이 주는 약간의 허허로움을 풍기면서.

그 잔잔한 일상과 소박한 대화 속에서 나탈리는 언뜻언뜻 드러나는 그들의 상처를 본다. 그러나 그야말로 '언뜻언뜻', 겨우 짐작할 수 있을 만큼만 나타날 뿐, 상처에 대한 세밀한 감정은 분명하게 고백되지 않고 구체적으로 드러나지도 않는다. 아들의 끔찍한 사고를 목격한 안톤도, 사랑하는 곡예사 여인을 따라 낯선 땅 러시아에 왔다가 배신을 당해 혼자가 된 레옹도, 최고 스타였던 이고르의 빈자리를 대신한다는 부담감과 몸무게에 대한 강박에 시달려야 하는 안나도, 또 니노와 나탈리도, 상처와 관련된 감정에 대해서는 모두 모호한 말로 얼버무리거나 침묵한다. 이들은 독자에게 뭔가를 알려줄 듯 말 듯 짐작할 거리만을 던질 뿐이다.

인물들의 생각, 감정을 의도적으로 노출하지 않으면서 슬며시 은근하게 드러내는 것은 작가인 엘리자 수아 뒤사팽의 흡인력 있는 글쓰기가 가진 매력이다. 펼쳐내 보이지 않고 변죽만 두드릴 뿐인데, 왠지 아련하고 저릿한 감정에 젖어들게 만든다. 마치 '관객에게 안나의 몸을 보여주지 않으면서도, 보이게 만드는' 의상을 만들고 싶어 하는 나탈리처럼. 프랑스의 평론가들은 작가의 이런 특성을 '드문 재능'으로 평가한다.

모든 걸 모호한 감정으로 남긴 채 독자들이 상상하게 만드는 젊은 작가의 문학적 기술은 글쓰기를 통해 풀어보고 싶었다는 그의 정체성 문제와 무관하지 않을 것이다. 첫 소설인 『속초에서의 겨울』에서 "이 책은 내 안의 두 문화가 마찰을 일으키는 지점이다"라고 했던 작가는 두 번째 소설 『파친코 구슬』에서 이렇게 말했다. "프랑스에서도, 한국에서도, 심지어 스위스에서도 온전히 내 나라에 안주해 있다는 느낌을 받지 못한다. 우리 가족에겐 유배, 실향, 동화의 어려움이 내재해 있었다." 어디를 가든 한 발만 걸치고 있는 듯한 느낌에서 벗어날 수 없었던 작가는 글 속에서 그런 자신의 감정을 직접 노출하지 않으면서, 몇 개의 단어나 동작, 표정으로 슬며시 드러내 보인다.

"유럽에서는 아시아인이고, 아시아에서는 서양인"으로, 어디서든 자신의 일부는 낯선 이방인이었다고 고백한 그는 첫 번째 글쓰기를 통해 한국을 배경으로 정체성 탐구의 여정을 시작했다. 이어 두 번째 소설에서 일본을 배경으로 가족관계와 소통의 단절에 대해 더 깊이 들여다보고자 했다면, 세 번째 소설에서는 조금 더 넓은 영역을 배경으로 낯선 이들과의 소통을 시도한다. 그 넓은 영역이 다름 아닌, 유럽에도 속하고 아시아에도 속하는 러시아라는 점에서도 작가의 영특함이 엿보인다. 게다가 서문에서도 밝혔듯이, 그곳의 주민들이 주로 한국인, 일본인, 러시아인으로 형성된 블라디보스토크라니…… 더구나 이 시점에서 선택한 단어가 절묘하게도 '신뢰'라는 말이라니!

신뢰, 생명을 맡길 정도의 전적인 신뢰는 어떤 것일까? 두려움을 안고 러시안 바 위에 올라가, 한참 주저하다가 가까스로 한 번의 도약을 해본 나탈리는 그 한 번의 경험을 통해 안나와 두 남자를 연결하는 어떤 힘을 조금 짐작하게 된다. 유대감이라는 말로 설명하기엔 부족한, 전적인 '신뢰'라는 힘. 곡예사의 균형을 잡아주는 것은 곡예사 자신이 아니라 '바'를 붙잡고 있는 두 남자이기에, 곡예사는 절대로 스스로 균형을 잡으려고 해선 안 된다는 레옹의 설명이 매우 흥미롭다. 그래서 힘을 다 빼고 동료들에게 자신을 맡겨야 하는 러시안 바의 묘기가 서커스에서 가장 어려운 종목 중 하나라는 말에 쉽게 수긍이 간다. 전적인 신뢰는 러시안 바 위에서뿐 아니라 인생에서도 정말 어려운 일이라는 것을 우린 이미 알고 있기 때문이다.

프랑스인과 한국인의 정체성 사이에서 균형을 잡으며 살아야 했다는 작가의 고백을 생각할 때, 그가 신뢰와 균형이라는 단어로 요약할 수 있는 러시안 바에 매력을 느끼고 거기서 영감을 받았던 것은 자신의 내적 갈망과 무관하지 않았으리라 본다.

소설의 첫 장면에서 나탈리는 착오로 인해 원래 시간보다 더 일찍 도착하는 바람에 어정쩡한 위치에 있어야 했지만, 시간이 흐를수록 그 작은 공동체 안에서 '러시안 바'가 요구하는 신뢰를 조금씩 쌓아간다. 그리고 아주 소소한 말과 작은 손길과 눈짓을 통해 서로의

상처를 조심스럽게 보듬어주는 경험을 하게 된다. 가제 수건을 내미는 손을 거절한 채, 마른버짐이 퍼진 나탈리의 등에 맨손으로 크림을 발라주며 까다로운 여자라고 나무라는 안나의 말투가 그렇고, 담배 연기 속에 녹아 있는 막연한 두려움을 이해하고 어둠 속에서 더듬거려 니노의 손을 잡아주는 나탈리의 손길이 그러하며, 첫 의상에서 실패감을 느낀 나탈리를 위해 그녀에게 필요한 것을 직접 느끼게 해주려고 그녀를 러시안바 위로 초대한 니노와 안톤의 배려가 그렇다. 서로를 향한 이런 유대감은 결국 안나를 세계 최초 3회전 공중제비 연속 4회를 성공시킨 여자로 만들고, 어둠 속에서 무한한 우주로 도약하는 빛을 형상화한 연출과 의상을 탄생시킨다. 그리고 그들은 관객들을 안나의 숨소리 속으로 끌어들여, 무한대의 우주 속으로 데리고 갈 공연을 계획한다. 서커스 아티스트들의 '낯선 세계' 속으로 독자를 끌어들여, 더 넓은 영역의 정체성을 경험하게 하려는 작가의 시도처럼.

'인력. 중력. 대기를 지나 지구를 향해 불타오르다. 분출하다. 안나 혜성……', 나탈리가 안나의 의상을 제작하면서 되뇌던 말들이다. 인간의 정체성은 상처를 극복하는 힘을 통해 확립되고 또한 확장되어간다. 정체성 문제로 치열한 씨름을 해온 작가는 안나에게 입힌 빛의 의상을 통해, 또 트리오의 '빛의 공연'을 통해, 어쩌면 개인을 넘어선 인류의 정체성에 대해 말하고 싶었는지도 모른다. 이제 우리는 한국, 일본, 프랑스 같은 국적과 문화와 언어가 정해주던 정체성에서 더 나아가, 우주 속의 한 별인 지구(러시안 바 위)에서 함께 숨 쉬고 살아가는(균형을 이루고 서로를 신뢰하는) '지구인'으로서의 정체성을 이야기할 때라고. 모든 것이 하루가 다르게 빨리 변해가고, 전 세계적인 팬데믹을 경험해본 이 시대에, 우리 지구인들은 균형이란 혼자 이뤄낼 수 있는 게 아님을 알게 되었고, 이제는 모두가 서로에 대한 신뢰를 회복해야 할 때임을 절실히 깨닫게 되었다. 우리가 살고 있는 시대는 지구가 속한 태양계를 먼지보다 작게 만드는 은하계와 그것을 먼지처럼 만들어버리는 더 큰 우주가 있음을 알고, 영화든 드라마든 과거와 미래를 오가며 시공간을 넘나드는 이야기로 가득한 시대이기 때문이다.

나는 투명하고, 섬세하고, 예민하며, 어딘지 모르게 보드라운 천의 질감을 연상케 하는 엘리자 수아 뒤사팽의 글을 사랑하는 독자다. 그의 세 번째 소설을 번역하면서, 유럽과 아시아의 두 문화를 흡수한 젊은 작가의 정체성이 힘을 갖기 시작했음을 보았다. 머뭇거리고 주저하던 안나가 우주로 쏘아 올린 빛처럼 더 높은, 더 힘찬 도약을 보여준 것처럼. 작가는 이 세 번째 소설을 쓰고 나서 이렇게 말했다. "이곳과 저곳에 동시에 존재하는 것, 혹은 그 어디에도 진짜 속할 수 없다는 것은 오랫동안 내게 불편함으로 남아 있었어요. 하지만 이제 나는 더불어 사는 것을 배웠고, 그런 상황이 오히려 나의 창조성을 살찌우는 풍부함이라는 것을 알게 되었죠." 그래서 그의 다음 작품이 기다려진다.

옮긴이 김주경

이화여대 불어교육학과와 연세대학교 대학원 불문학과를 졸업하고 프랑스 리옹 제2대학교에서 박사 과정을 수료했다. 현재 우리나라에 좋은 책들을 소개하며 전문 번역가로 활발히 활동하고 있다. 옮긴 책으로는 『눈표범』, 『엄마를 위하여』, 『달콤 쌉싸름한 꿀벌』, 『내가 생각해도 난 정말 멋진 놈』, 『살해당한 베토벤을 위하여』, 『성경─세계 최고의 베스트셀러』, 『레 미제라블』, 『느리게 산다는 것의 의미 1, 2, 3』, 『흙과 재』, 『교황의 역사』, 『80일간의 세계 일주』, 『신은 익명으로 여행한다』, 『어리석은 철학자』, 『인간의 대지에서 인간으로 산다는 것』, 『인생이란 그런 거야』, 『토비 롤네스』 외 다수가 있다.

블라디보스토크 서커스

초판 1쇄 발행 · 2021년 6월 25일

지은이 · 엘리자 수아 뒤사팽
옮긴이 · 김주경
펴낸이 · 김요안
편집 · 강희진
디자인 · 부추밭

펴낸곳 · 북레시피
주소 · 서울시 마포구 신수로 59-1
전화 · 02-716-1228
팩스 · 02-6442-9684
이메일 · bookrecipe2015@naver.com | esop98@hanmail.net
홈페이지 · www.bookrecipe.co.kr | https://bookrecipe.modoo.at/
등록 · 2015년 4월 24일(제2015-000141호)
창립 · 2015년 9월 9일

ISBN 979-11-90489-37-9 03860

종이 · 화인페이퍼 | 인쇄 · 삼신문화사 | 후가공 · 금성LSM | 제본 · 대흥제책